HIDDEN INK – TATTOOS UND GEHEIMNISSE

Montgomery Ink Reihe

CARRIE ANN RYAN

Hidden Ink - Tattoos und Geheimnisse

Montgomery Ink Reihe, Buch 4.5

von Carrie Ann Ryan

Hidden Ink – Tattoos und Geheimnisse
Montgomery Ink Reihe, Buch 4.5

Deutsche Übersetzung: WellReadTranslations

eBook:
ISBN: 978-1-63695-222-2

Taschenbuch:
ISBN: 978-1-63695-221-5

Besuchen Sie Carrie Ann im Netz!
carrieannryan.com/country/germany/
www.facebook.com/CarrieAnnRyandeutsch/
twitter.com/CarrieAnnRyan
www.instagram.com/carrieannryanauthor/

Ebenfalls von Carrie Ann Ryan

Montgomery Ink Reihe:

Delicate Ink – Tattoos und Überraschungen (Buch 1)

Tempting Boundaries – Tattoos und Grenzen (Buch 2)

Harder than Words – Tattoos und harte Worte (Buch 3)

Written in Ink – Tattoos und Erzählungen (Buch 4)

Ink Enduring – Tattoos und Leid (Buch 5)

Ink Exposed - Tattoos und Erholung (Buch 6)

Novellas:

Ink Inspired - Tattoos und Inspiration (Buch 0.5)

Ink Reunited – Wieder vereint (Buch 0.6)

Forever Ink - Tattoos und für immer (Buch 1.5)
Hidden Ink – Tattoos und Geheimnisse (Buch 4.5)

Die Gallagher-Brüder:
Love Restored – Geheilte Liebe (Buch 1)
Passion Restored – Geheilte Leidenschaft (Buch 2)

Hidden Ink - Tattoos und Geheimnisse

Die Montgomery Ink-Reihe geht weiter mit der langersehnten Liebesgeschichte zwischen der Café-Besitzerin von nebenan und dem Tätowierer, der sie von weitem liebt.

Hailey Monroe weiß, dass das Leben nicht immer fair ist, aber sie ist schon einmal wie Phoenix aus der Asche auferstanden und wird es erneut schaffen, wenn es sein muss. Jahre sind vergangen, seitdem sie den wortkargen Tätowierer kennengelernt hat, der ihr Herz rasen lässt. Aber erst jetzt findet sie den Mut, ihn anzusprechen. Allerdings geht es dabei nicht um ihre gemeinsame Zukunft, sondern um die Narben ihrer Vergangenheit.

Sloane Gordon hat die Tiefen der Hölle überlebt. Doch die Versuchung von nebenan ist eine völlig andere Herausforderung. Bisher hat er sich ferngehalten, weil er weiß, dass er nicht die Art von Mann ist, die Hailey seiner Meinung nach glücklich machen kann. Als sie ihn um einen Gefallen bittet, bringt sie seine sorgfältig errichtete Schutzmauer zum Einsturz und erschüttert seine Seele.

Sloane würde alles tun, um die Frau zu beschützen, die er liebt, und seine dunklen Geheimnisse zu bewahren.

Kapitel Eins

HAILEY MONROE biss auf ihre Unterlippe, schloss ihre Augen und stöhnte. *Laut.* Guter Gott, es war … himmlisch. Weltbewegend. Weltverändernd. Orgasmisch.

Es war der beste Frischkäse-Karamell-Brownie, den sie je gebacken hatte.

Sie hatte Kuchen, Torten, Kekse, Muffins, Biscotti und mehr dekadentes Gebäck gebacken, aber das hier? Dieser wunderschöne, köstliche Brownie in ihrer Hand bewies, dass sie nie wieder etwas so wahrhaftig Wundervolles erschaffen würde.

Bei diesem traurigen Gedanken aß sie den Rest ihres Schoko-Vergnügens und runzelte die Stirn.

Ernsthaft? Der Höhepunkt ihres Lebens, das

wohl beste Ereignis ihres Lebens, war dieser Brownie.

Ein himmlischer Brownie, aber halt nur ein Brownie.

Sie wischte sich schnell die Krümel vom Mund und ging zur Spüle, um ihre Hände zu waschen. Es war irgendwie traurig, dass dieses Gebäck *das Beste* war, dass sie in siebenundzwanzig Jahren erreicht hatte. Die meisten Menschen dachten, dass ein Grippeheilmittel, ein Gemälde, das die Schönheit des Lebens widerspiegelt, oder Häuser für arme Menschen zu bauen, etwas wäre, das man als Höhepunkt ansehen konnte. Stattdessen hatte Hailey einen Nachtisch. Diesen göttlichen Brownie.

Es half wahrscheinlich nicht, dass sie ihn himmlisch und göttlich nannte. Es ging hier schließlich nur um ein Gebäck, das krümelte, wenn man es nicht vorsichtig behandelte – wie alles andere im Leben auch. Man würde es aufessen, und im nächsten Moment wäre es vergessen.

Zumindest war Hailey stärker als ihr Nachtisch. *Meistens.*

Sie knackste ihre Knöchel und verzog das Gesicht, als ihre Finger schmerzten – eine *wundervolle* Nebenwirkung der Medikamente, die sie seit

Jahren zu sich nahm –, und rollte ihren Kopf zurück.

Heute ist ein neuer Tag. Ein neues Abenteuer. Das war das Motto, das sie jeden Tag wiederholte.

Hailey war die Besitzerin von Taboo, einer Café-Bäckerei in der Innenstadt von Denver. Sie hatte einen erstklassigen Standort abseits von der 16th Street Mall und dem Geschäftsviertel.

Während der normalen Arbeitsstunden kamen viele Männer und Frauen in ihren frisch gebügelten Anzügen vorbei, um einen Kaffee zu kaufen, und verließen ihren Laden meistens mit etwas Süßem und Köstlichem. Niemand konnte ihr und ihrem Gebäck widerstehen, auch wenn sie es zu Anfang wirklich versuchten.

Ihr Geschäft bediente noch mehr Kunden als diejenigen, die auf dem Weg zu einem Geschäftstreffen oder ins Gericht waren. Oftmals kamen Familien am späten Nachmittag vorbei, oder an schulfreien Tagen. Haileys heiße Schokolade und Kekse waren während der Schulferien schnell ausverkauft, sobald Denver von kaltem Wetter heimgesucht wurde.

Menschen jeglicher Gestalt kamen in ihre Bäckerei, und sie liebte es. Es wurde nie langweilig.

Sogar wenn nur ein oder zwei Kunden da waren, so waren es *ihre.*

Nachdem sie ihr Leben damit verbracht hatte, zu denken, dass sie ihre Zwanziger niemals erreichen würde, sah sie nun auf diese Jahre zurück. Hailey hatte ihr eigenes Café. Sie war fürsorglich. Eine Geschäftsfrau. Eine Bäckerin. Eine Kämpferin …

Sie presste ihre Lippen fest zusammen, als sie über das letzte Wort nachdachte.

Eine Kämpferin.

Hailey war sich sicher, dass sie es eines Tages glauben würde, wenn sie es sich immer wieder ins Gedächtnis rief und den Nachrichten und Webseiten Glauben schenkte. Aber sie hasste das Wort und alles, was damit zusammenhing. Sie hatte gekämpft und gewonnen, aber zu welchem Preis?

Sie schüttelte den Kopf. Sie hatte an diesem Februarmorgen keine Zeit für solche Gedanken.

Hailey musste sicherstellen, dass sie zumindest mit den Cafés um sie herum mithalten konnte – Starbucks-Läden links und rechts jeweils zwei Häuserblocks von Taboo. Gott, Denver hatte einen Starbucks an jeder Ecke, und wenn es nicht diese Kette war, dann war es Caribou Coffee oder etwas ähnliches. Sie würde nie so viel verdienen wie diese

Konkurrenz, aber sie hatte genug Geld. Es war nicht ihr Ziel, eine Millionärin zu werden oder ihr kleines Café in eine Kette zu verwandeln. Sie wollte *leben.*

Das ist alles, was sie jemals gewollt hatte.

Also konkurrierte sie auf ihre eigene Weise und vergewisserte sich, dass ihr Laden bereit war für den nächsten Feiertag. *Valentinstag.* Es war fast soweit. Naja, ihre Uhr hatte um Mitternacht angezeigt, dass es nun Februar war. Ihre dekorierten Kekse und Cupcakes würden bald alle Herzen und die Farbe Pink haben, und heute Morgen würde sie ihre besten Valentinstag-Dekorationen aufhängen. Hailey wollte es nicht übertreiben, aber gerade genug Pink um sich herum sehen, um sich selbst daran zu erinnern, dass Freude und Liebe in ihrem Leben waren – nicht das Rosa, das sie jeden Oktober erstickte.

Verdammt, ich habe heute schon zwei Mal daran gedacht. Sie musste aufhören, so deprimiert zu sein über ihre Vergangenheit, und stattdessen der Zukunft entgegenlaufen mit denselben weit aufgerissenen, mit Verwunderung erfüllten Augen, die sie als Teenagerin gehabt hatte. Ihre schmerzenden Knochen und Muskeln konnten ein wenig Freude vertragen.

Hailey rollte ihre Schultern zurück und beendete ihre morgendlichen Vorbereitungen. Sie war seit vier Uhr dreißig hier – Bäckerstunden waren fies –, aber sie musste nicht so früh aufstehen wie andere, die sie kannte. Ihr Café öffnete um sechs Uhr, und es war fast soweit. Sie hatte zwei Angestellte, aber Hailey übernahm das Backen und den Großteil des Kochens. Die beiden anderen bedienten Kunden, kassierten, bereiteten Sandwiches zu und wärmten an bestimmten Tagen Suppen auf. Hailey stellte sicher, dass kein Moment im Café Taboo langweilig war.

Die Tür zwischen ihrem Laden und dem nächsten öffnete sich, und Hailey presste eine Hand auf ihren Magen.

„Ich kann Kaffee riechen“, sagte Callie, als sie eintrat, ihr schwarzes Haar mit den roten Strähnen im Morgenlicht glänzend. Die Frau selbst strahlte ebenfalls. Ihre Tattoos stachen hervor auf ihrer hellbraunen Haut, und sie lächelte, als hätte sie die besten Neuigkeiten.

Da Callie in der sechsten Schwangerschaftswoche war, lag sie wohl richtig.

„Du hast mich erschreckt“, erwiderte Hailey lachend und rieb ihren Bauch erneut. Sie erinnerte sich daran, wie sie die Stelle über ihrem Herzen gerieben hatte, aber das war lange her.

Callie zuckte zusammen und biss in ihre dunkle, rubinrote Lippe. „Tut mir leid. Ich bin früher zu Montgomery Ink gekommen, um ein paar Zeichnungen zu entwerfen. Ich brauche Kaffee."

Hailey runzelte die Stirn und ging rüber zur Kaffeemaschine, die sie erst vor wenigen Momenten angestellt hatte. „Du kannst einen entkoffeinierten haben. Ich will nicht, dass dein sehr heißer Silberfuchs-Mann mich anknurrt. Auch wenn es dir vielleicht gefällt, weil du davon einen Orgasmus bekommst, so mag ich es trotzdem nicht."

Callie schmollte. „Okay, okay. Vielleicht kann ich meinen Körper austricksen."

Hailey zog eine Augenbraue hoch, während die Frau vor ihr hin und her hüpfte. „Süße, wenn du noch mehr aufgepeppt wärst, würdest du Maya und Austin fertigmachen."

Callie verdrehte die Augen, ehe sie sich umschaute. „Oh, ich liebe es, wenn du dekorierst. Du weißt, wie du das Café festlich gestalten kannst, ohne dass es kitschig wirkt."

Hailey bereitete den Kaffee zu, während sie ein

Gähnen zurückhielt. Vielleicht brauchte sie selbst etwas Kaffee …

Mit einem Seufzen goss sie sich eine Tasse mit Koffein ein und fügte Kaffeesahne, Schlagsahne und Schokoladenraspeln hinzu. Es war zwar kein Espresso, weil sie sich in dem Moment wirklich nicht die Mühe machen wollte, aber sie konnte ihren Kaffee trotzdem aufpeppen.

„Mir macht etwas Kitsch nichts aus“, sagte sie, während sie Callies Kaffee mit Karamell und Schlagsahne versah. Der Zucker würde ihr helfen. Außerdem war alles, was Hailey hier zubereitete, aus natürlichen Zutaten gemacht, sodass es Callies Baby nicht schaden konnte.

Sie nahm die Tasse lächelnd entgegen. „Mein Schatz.“

Hailey verdrehte ihre Augen. „Okay, Gollum. Trink deinen Kaffee und setz dich. Du bist viel zu aufgedreht und wolltest trotzdem Koffein. Was ist los?“

Callie setzte sich und leckte die Sahne von der Tasse. „Ich bin einfach glücklich, weißt du? Um diese Zeit herum vor zwei Jahren habe ich gerade angefangen, für Austin und den Rest der Montgomerys zu arbeiten. Austin und Maya haben mir eine Chance gegeben. Meinen Zeichnungen. Und jetzt tätowiere ich beruflich. Nachdem Austin mich von einer Praktikantin zur Vollzeit-Tätowiererin befördert hat, war Morgan mein erster Kunde. Ich durfte nicht nur den besten Phönix der Welt tätowieren – mein Gott, sein Rücken … –, sondern ich habe mich in ihn verliebt. Er liebt mich, auch wenn wir total nicht gleich alt sind, und ich ‚total' zu oft sage. Wir sind verheiratet und ich bin schwanger! Ich kann es einfach nicht glauben." Callie lächelte mit strahlenden Augen. „Manchmal denke ich, dass ich das alles nicht verdiene. Dass ich eines Tages aufwachen werde und alles nur ein Traum war. Ich werde aufwachen und vier Jobs haben, um die Miete für eine heruntergekommene Wohnung zu bezahlen. Und Morgan wird nicht jeden Morgen neben mir aufwachen. Er ist mein Ein und Alles, und trotzdem zeigt er mir, wie ich noch *mehr* sein kann."

Tränen füllten Callies Augen, und Hailey reichte ihr schnell eine Serviette. Ihr Herz schmerzte aus einem anderen Grund, auch wenn es eigentlich für die Frau vor ihr vor Freude strotzen sollte. Sie und Callie waren fast gleich alt, und trotzdem hatten sie sehr verschiedene Lebenswege hinter sich, durch die Hailey sich viel älter fühlte. Sie beide und Miranda, Austins und Mayas jüngste Schwester, waren die Jüngsten der Gruppe, die miteinander Zeit verbrachten. Die Montgomerys und ihr Freundeskreis waren im Alter von Mitte zwanzig bis circa vierzig, und meistens machten die Altersunterschiede ihnen nichts aus. Gott, Morgan war über vierzig und erwartete ein Kind mit Callie.

Alter war nur eine Zahl.

Es waren das Herz und die Erfahrungen einer Person, durch die sie zusammenpassten.

Hailey hatte ihren Seelenverwandten noch nicht gefunden – die Person, die ihr helfen würde ihr besseres Ich zu finden. Sie hatte nur sich selbst und ihren Ehrgeiz. Das allein hieß etwas. Und sie konnte nicht eifersüchtig sein auf Callie.

Nur weil Callie den Mann gefunden hatte, für den sie bestimmt war, bedeutete es nicht, dass Hailey so etwas auch haben würde.

Natürlich dachte sie, dass sie den Mann bereits kennengelernt hatte, aber das war nichts Halbes und nichts Ganzes. Er mochte sie nicht auf diese Art und Weise, also war es egal. Was wichtig war, war Callie, die Tränen in den Augen hatte. Nicht das, was auch immer in Haileys Kopf vor sich ging.

Hailey schob ihre Gedanken an die heißen, tätowierten Männer beiseite, die sie nicht wollten, und ging um den Tresen herum, um Callie zu umarmen.

„Süße, was ist los?"

„Ich bin glücklich", sagte sie schluchzend. „Oh Gott … Ich bin erst im ersten Trimester, und die Hormone machen mich fertig. Wie kann das nur sein? Ich dachte, dass Tränen und Stimmungsschwankungen erst im dritten dazukommen, und nachdem das Baby da ist."

Hailey küsste Callies dunkles Haar und seufzte. „Ich denke, es kommt auf die Person an. Ich war noch nie schwanger, also weiß ich es nicht. Du solltest Sierra oder Meghan fragen." Sierra war Austins Frau und Meghan seine Schwester. Die beiden Frauen waren auch Teil ihres Freundeskreises. „Sie haben das bereits durchlebt. Meghan sogar zwei Mal. Und wer weiß? So, wie sie und Luc zusammenkleben, könnte sie bereits wieder schwanger sein."

„Das wäre toll." Hailey wusste zwar nicht, wie es war, schwanger zu sein, aber die Behandlungen, die sie in ihrer Vergangenheit erlebt hatte, hatten ähnliche hormonelle Schwankungen erzeugt. Im einen Moment war ihr zum Lachen zumute gewesen, im nächsten zum Heulen, und dann war sie wütend gewesen wie noch nie zuvor.

Die Medikamente waren zwar schon lange aus ihrem Körper verschwunden, aber wenn sie nicht aufpasste, dann kamen die Schwankungen zurück.

Sie behielt ihre Vergangenheit und ehemalige Diagnose für sich, also konnte sie Callie nichts erzählen. Sie wusste nicht, wieso sie nie darüber gesprochen hatte. Naja, sie wusste es schon …

Sobald man das Wort „Krebs“ aussprach, war man für immer nur das. Ein Krebspatient.

Sie würde nie wieder Hailey sein, die Frau mit dem platinblonden Bob und den roten Lippen.

Sie würde nie wieder Hailey sein, die Café-Besitzerin und Geschäftsfrau.

Sie würde nie wieder Hailey sein, die Frau mit Geheimnissen, die eine Verbindung hatte zu dem heißen Mann von nebenan, worüber niemand redete, auch wenn alle Bescheid wussten.

Sie würde Hailey sein, die Brustkrebs überlebt hatte.

Nicht ganz.

Keine echte Frau.

Sie gab sich eine mentale Ohrfeige. Warum fühlte sie sich immer noch so, obwohl seitdem eine Ewigkeit vergangen war? Ihre Operationen und Behandlung waren Jahre her. Sie war krebsfrei. Es war genug Zeit vergangen, seit sie *krebsfrei* war, und nicht nur in Remission.

Hailey war nicht dieselbe Frau wie vorher, aber ernsthaft, wer war immer genauso wie mit zwanzig?

Sie musste das beiseite schieben und sich um Callie kümmern. Hailey würde ihren Freundinnen bald von ihrer Krebsdiagnose erzählen. Sie hatten sich noch nicht gekannt, als sie erkrankt war, aber dieses Geheimnis verlangte ihr viel ab. Außerdem wollte sie, dass die Mädels auf sich aufpassten. Sie war jung gewesen, als sie die Diagnose erhalten hatte – viel zu jung für so eine Krankheit –, und trotzdem hatte sie alles durchleben müssen. Sie wollte nicht, dass ihren Freunden dasselbe zustieß.

Niemand verdiente das.

„Ich bin glücklich", wiederholte Callie, diesmal ohne Tränen, „und Morgan wird durchdrehen, wenn er rausfindet, dass ich geweint habe. Er wird es herausfinden, auch wenn du nichts sagst. Er ist wie ein Spürhund."

Hailey küsste ihre Freundin auf die Wange und lachte. „Weil er dich liebt."

Hm, so geliebt zu werden … Bedingungslos. Zu wissen, dass jemand tief in dich hineinblicken konnte, jedes Gefühl erfassen würde und sich die Zeit nehmen wollte, sich um dich zu kümmern …

Hailey war wirklich eifersüchtig. Aber es spielte keine Rolle, denn Callie verdiente all das und mehr.

All ihre Freunde taten das.

„Er liebt mich, oder?“, fragte Callie mit einem Lachen. „Okay, da ich meinen Kaffee ausgetrunken und mich an deiner Schulter ausgeweint habe, kann ich jetzt zurück ins Studio gehen, um zu arbeiten, wie ich es geplant hatte.“ Sie seufzte. „Ein anderer Grund, weswegen ich so früh hier bin, ist, dass Morgan einen frühen Termin hatte. Ein Anruf mit jemandem in einer anderen Zeitzone. Ich hasse es, alleine zu Hause zu sein. Danke, dass ich alles rauslassen konnte. Die Jungs und Maya sollten bald im Studio sein. Ich werde sie vorbeischicken, um einen deiner köstlichen Brownies zu essen.“

Hailey grinste. „Sie sind absolut wundervoll. Ich habe einen probiert – aus geschäftlichen Gründen natürlich.“

„Ich werde nie verstehen, wie du wie ein Pin-Up-Model aussehen kannst und trotzdem all deine Süßigkeiten kostest.“

„Eine Menge Yoga und Cardio, aber danke. Du wiegst so viel wie eins meiner Beine, also halt die Klappe“, sagte Hailey, nachdem sie laut geschnaubt hatte.

Callie verdrehte die Augen und sah zu Montgomery Ink hinüber. Hailey liebte die Tatsache, dass sie eine Tür zwischen ihren Läden hatten. Als sie ihre Bäckerei vor vier Jahren eröffnet hatte, war sie von den grübelnden, bärtigen, tätowierten Männern von nebenan eingeschüchtert gewesen. Und dann gab es noch Maya …

Die Tätowiererin, die gleichzeitig das Mittelkind der Montgomerys war, war eine Wucht voller Tattoos, Piercings und Charakter. Natürlich hatte Hailey sich sofort mit ihr angefreundet.

Trotz ihrer anfänglichen Skepsis, dass sie neben Leuten arbeitete, die sie zuerst nicht verstehen konnte, hatte sie sich in diese Familie verliebt. Sie feierten gemeinsam, oder verbrachten Zeit in kleinen Runden. Sie waren weder unbeholfene Tölpel noch erschreckend. Andere mochten die Montgomerys für ihre Tattoos und sexuellen Vorlieben verurteilen, aber Hailey hatte ihre Seelenverwandten gefunden.

Ihre Familie.

Sie hatte keine anderen Verwandten, weswegen es umso wundervoller war, dass sie sie mit offenen Armen aufgenommen hatten. Obwohl diese Tür länger hier war als Hailey, hatten die Montgomerys sie nie genutzt, als die vorherige Besitzerin hier gewesen war – eine vornehme, alte

Frau, die keine Zeit für Tattoos und Raufbolde hatte.

Das waren ihre genauen Worte gewesen.

Jetzt war die Tür immer offen, und die Montgomerys und ihre Leute konnten kommen, wann auch immer sie Koffein oder Essen brauchten. Hailey ging auch oft rüber, manchmal mit Gebäck, manchmal ohne, um sich ihre Kunstwerke anzusehen.

Sie war immer noch eine blanke Leinwand, aber sie wusste, dass dies nicht mehr lange so sein würde.

Eines Tages würde sie mutig genug sein, um nach einer Tätowierung zu fragen.

Sie hatte keine Angst vor dem Tattoo selbst, oder den Nadeln. Gott, sie hatte genug davon gesehen dank der Chemotherapie, Behandlungen und Untersuchungen.

Nein, für sie ging es um die Person, von der sie das Tattoo gestochen haben wollte.

Auch wenn Maya, Austin und Callie alles für sie tun würden, wollte sie nicht von einem von ihnen tätowiert werden. Sie hatte jemanden anderes im Sinn.

Jemanden, mit dem sie nicht sprechen konnte, weil sie sich davor fürchtete, ihm alles zu sagen.

Jemanden, der nicht genauso für sie empfand wie sie für ihn.

Haileys Telefon vibrierte und sie seufzte. Heute war anscheinend ein Tag der Melancholie. Sie schaltete den Alarm aus und ging zur Vordertür des Cafés, um das Schild umzudrehen und offiziell aufzuschließen. Zwei ihrer Stammkunden, Männer in Anzügen, hatten genug Anstand, ihre Handys einzustecken, bevor sie reinkamen und sie anlächelten.

„Guten Morgen, die Herren", sagte sie lächelnd. „Wie immer?"

„Na klar", erwiderte der eine.

„Sicher doch", kam vom anderen.

Sie schenkte ihnen ein Lächeln und ging hinter den Tresen, um ihre Bestellung vorzubereiten. Ihre Angestellten würden bald kommen und ihr aushelfen. Die frische, morgendliche Luft war mit den Männern hereingekommen, und als sie sich beeilte, ihre Getränke und Gebäckstücke fertigzumachen, wusste sie, dass heute ein guter Tag sein würde.

Jeder Tag, an dem sie das tun konnte, was sie liebte, war besser als der vorherige.

Als Corrine ankam und den Tresen übernahm, war Hailey bereits voller Adrenalin. Es gab nichts Besseres, als das zu tun, was sie liebte. Die Brownies hatten alle begeistert, und die erste Ladung, die sie zur Schau gestellt hatte, würde bald ausgehen. Normalerweise behielt sie einen Teil für die Nachmittagskunden zurück, aber sie konnte sie nicht wieder wegstellen. Und das wollte sie auch nicht, denn sie hätte alles aufgegessen und das Gewicht zugenommen, von dem Callie gewitzelt hatte. Komatös auf dem Küchenboden zu liegen, war keine gute Art, eine Bäckerei zu führen.

Der Morgen ging schnell vorbei, und im Laden war es bald ruhiger. Nachdem sie mit Corrine gesprochen hatte, bereitete sie ein Tablett mit Gebäck und Kaffee vor – jedes individuell. Sie war sich nicht sicher, wer heute arbeitete, aber sie wusste, dass zumindest die Hauptleute da sein würden, und sie kannte ihre Lieblingsgetränkte. Nichts würde verschwendet werden, falls sie etwas zu viel mitbrachte. Dafür würden Austin und Maya sorgen.

Hailey ging durch die Tür und hielt ihr Seufzen zurück, als sie das Summen der Tattoomaschinen hörte und die tiefen Stimmen. Sie liebte Montgomery Ink. Es war ein Teil ihres Zuhauses.

„Koffein! Ich will dich. Willst du mich auch, Mamacita?“, fragte Maya, als sie ihren Kaffee und ihr Käsegebäck an ihre Brust hielt.

Hailey schnaubte. „Redest du mit mir oder dem Kaffee?"

Maya blinzelte sie an, der Ring in ihrer Augenbraue glänzend. „Ja."

Hailey lachte und reichte Austin sein Getränk, der ihr einen Kuss auf die Wange gab. Sein Bart kitzelte sie, und sie wollte sich demütig vor Sierra knien. Gott, der Mann war heiß. Alle Montgomerys waren das.

Schon bald fand sie sich mit einem einzigen Getränk und einem Kirsch-Frischkäse-Gebäck vor.

Seine Favoriten.

Hinter Mayas Arbeitsstation war noch eine weitere.

Die von Sloane Gordon …

Ein Meter dreiundneunzig, neunzig Kilo Muskeln unter hellbrauner Haut, eingepackt in perfekt designten Tattoos. Der Mann war Sex pur. Sloane hatte sein Haar vor Jahren rasiert, und Hailey war sich sicher, dass er denselben Schnitt behielt, um sie heiß zu machen. Sein Bart war gestutzt, aber die Kombination mit seinem kahlen Kopf hatte anscheinend eine neue Vorliebe in ihr erweckt.

Wer hätte das wohl gedacht?

Er war ein Jahrzehnt älter als Hailey, und

obwohl er nie darüber sprach, war Hailey sich bewusst, dass er Krieg, Kampf und Herzschmerz erlebt hatte.

Und sie liebte ihn.

Aber Sloane sah sie nicht. Er ging nie auf sie zu und sah stets aus, als wollte er sie anbrüllen.

So wie jetzt …

„Dachte schon, dass du mich vergessen hast“, sagte er mit tiefer Stimme.

Sie schüttelte den Kopf und reckte ihr Kinn hoch. „Nein, das hier ist für dich.“ Nachdem sie ihn versorgt hatte, darauf bedacht, ihn nicht zu berühren, sah sie seinen Kunden an, der gerade ein riesiges Rückentattoo erhielt.

Während Sloane gefährlich aussah, erschien dieser Kerl weicher und gleichzeitig hart. Sein Haar war etwas länger geschnitten und fiel über seine Stirn, wobei die Seiten kürzer waren. Er hatte einen kurzen Bart und ein Lächeln, das einladend aussah. Seine grünen Augen strahlten, und Hailey konnte nicht anders, als ihn anzulächeln.

„Na du“, murmelte er.

Oh. Gott. Ein Südstaaten-Akzent – nicht sehr stark, aber bemerkbar. Wenn sie nicht in der Gegenwart des Mannes gewesen wäre, für den ihr

Körper und Geist sich bereits entschieden hatten, hätte sie vielleicht den Halt verloren.

„Hey", entgegnete sie. Ihr war bewusst, dass Sloane sie anstarrte.

„Wie heißt du?", fragte der Fremde. „Ich bin Brody."

„Hey, Brody. Ich heiße Hailey. Mir gehört das Café Taboo nebenan."

Er grinste und zeigte ein paar Grübchen. „Ich bin mehrere Male daran vorbeigegangen, aber jetzt weiß ich, dass ich irgendwann auch mal reingehen muss."

Sie schüttelte den Kopf und lachte. „So ist das also. Du riechst mein Gebäck, und jetzt musst du dringend vorbeikommen."

„Es ist nicht dein Gebäck, das mich in den Laden zieht."

Was tat sie da? Flirtete sie wirklich mit einem Mann, während Sloane neben ihr stand? Und wieso interessierte sie das? Er gehörte ihr nicht. Er würde ihr nie gehören. Sie würde niemals mehr von Sloane Gordon in ihrem Leben bekommen als kurze Antworten. Sie war jung, gesund und am Leben. Sie sollte flirten können, wann auch immer sie das wollte.

Entschlossen, Sloane nicht anzusehen, oder zu

bemerken, wie leise es im Tattoostudio geworden war, legte sie ihren Kopf zur Seite und stemmte eine Hand in die Hüfte.

„Ach wirklich?“, fragte sie.

„Wirklich. Wie wäre es, wenn ich vorbeikomme, nachdem ich hier fertig bin und etwas Zucker brauche?“

Sie lachte und legte ihren Kopf in den Nacken. „Süßer, das war eine schreckliche Anmache, aber du kannst gerne vorbeikommen. Wenn du etwas *Zucker* willst.“ Sie zwinkerte ihn an und ging mit schwingenden Hüften auf die Tür zu.

Sie konnte zwar nicht den Mann haben, den sie wollte, aber sie war *frei*.

Sie war nicht dieselbe Frau, die sie gewesen war, bevor der Krebs ihren Körper und Geist zerstört hatte, aber sie war noch immer Hailey Monroe.

Stark.

Am Leben.

Und Single.

Vielleicht war es an der Zeit, etwas dagegen zu tun. Mit Sloane oder ohne.

Kapitel Zwei

SLOANE GORDON ZWANG SICH, seinen Fuß vom Pedal zu nehmen und die Tattoomaschine vorsichtig – *sehr, sehr vorsichtig* – auf den Tresen zu legen. Den kleinen Ficker permanent zu verstümmeln, wäre schlecht fürs Geschäft. Und er wollte nicht verhaftet werden. Sloane sah bereits aus, als hätte er mehrere Jahre hinter Gittern verbracht, auch wenn er das nicht getan hatte. Er musste dieses Klischee nicht unterstützen.

Aber der Mann vor ihm war *so nah dran*, einen Tritt in den Arsch zu kriegen.

Wer zum Teufel hatte so einen Haarschnitt? Der Bursche sah aus, als wäre er in einer Boyband und würde auf einer Bühne rumhüpfen, während Teenagerinnen seinen Namen schrien. Ja, Brody war im gleichen Alter wie Hailey und nein, er hatte etwas mehr Muskelmasse als Jungs, die über verlorene Liebe sangen, aber es ging ums Prinzip.

Kein Mann sollte eine Frau anmachen, wenn sie arbeitete. Vor allem nicht, wenn diese Frau Hailey Monroe war.

Sloanes Hailey.

Nur, dass sie ihm nicht gehörte. Er hatte oft daran gedacht, mit ihr intim zu werden, aber er hatte Hailey nie berührt – auch wenn ihm das niemand glaubte. Er hatte sie nie in seinen Armen gehalten oder seine Hand auf ihre Wange gelegt. Er wusste, dass sie weich war. Und warm und perfekt.

Hailey Monroe gehörte Sloane nicht und er musste sich beherrschen.

Die beiden hatten vom ersten Moment an eine Verbindung, aber er hatte sie nie für sich beansprucht. Nicht, dass er einen Anspruch hatte, aber er hatte sich immer zurückgehalten. Er wusste, dass sie nicht die Eine war, oder eher, dass *er* nicht der Eine war. Also hatte er sein Bestes getan, um sie auf Distanz zu halten.

Aber das hieß nicht, dass er es guthieß, wenn ein Kerl mit zu viel Gel im Haar sie anmachte. Sloane war es nicht entgangen, dass Hailey auch geflirtet hatte. Sie hatte ihre Hüften gerade genug geschwungen, um sie alle wissen zu lassen, dass sie sich ihrer Blicke bewusst war.

Was zum Teufel war das gewesen?

In den letzten Jahren waren sie aneinander vorbeigetanzt, sich aber nie näher gekommen. Sie war nie auf ein Date gegangen und hatte auch nie mehr getan, als einen Mann anzuzwinkern. Dieses Augenzwinkern waren einfach ein Teil ihrer Persönlichkeit, aber er wollte das alles für sich.

Was für ein Mann war Sloane?

Er wollte sie, aber er konnte nicht mit ihr zusammen sein … oder jemanden anderes an ihrer Seite wissen.

Er war sich nicht sicher, ob er den anderen Mann mochte, aber er konnte sich nicht zurückhalten. Er hätte sagen können, dass er schon immer so gewesen war, aber das wäre eine Lüge gewesen. Er hatte noch nie so auf einen anderen Mann reagiert. Aber Hailey hatte auch noch nie zurückgeflirtet …

Ja, Griffin hatte mit ihr gewitzelt, und sie hatte ihn angelächelt, aber Griffin hatte nie diese Grenze überschritten. Jetzt war er mit Autumn zusammen und keine Konkurrenz mehr.

Es gab eine unausgesprochene Regel, dass Hailey *ihm* gehörte, und er musste endlich entscheiden, was er tun würde. Er wusste, dass er kein Recht hatte, etwas zu tun, aber das hielt ihn nicht davon ab, zu träumen.

Er sah von seinen Händen auf und direkt in die Augen von Austin Montgomery. Sein Chef zog eine Augenbraue hoch, sein Ausdruck bekümmert. Sloane konnte es ihm nicht verübeln. *Er* wusste nicht genau, was er tun sollte. Es war nicht Brodys Schuld, dass er sich in etwas eingemischt hatte, dass nicht einmal Sloane verstand. Das bedeutete aber nicht, dass Sloane es ihm einfach machen würde.

Hailey und er waren in einer Art Tanz involviert, der am ersten Tag begonnen hatte. Immer wieder kamen sie sich etwas näher, aber dann würde einer von ihnen zurückweichen. Sie sprachen über die Welt und gleichzeitig über nichts. Sie versorgte ihn stets mit den besten Keksen und stellte sicher, dass er genug gegessen hatte und es ihm gut ging. Sloane kümmerte sich immer um ihre Sicherheit und ließ sie nie alleine zum Parkplatz gehen. Wenn alle sich trafen, waren sie eine große Gruppe, und Sloane und Hailey saßen normalerweise nebeneinander, ohne sich zu berühren.

Die anderen wussten, dass etwas zwischen ihnen war. Gott, Maya und die Jungs machten oft Witze darüber. Es war nicht so, als ob er niemals den ersten Schritt machen würde, er wollte sich nur sicher sein, dass es der richtige Moment war.

Er blinzelte. Hm, diese Idee war neu … Anscheinend plante er jetzt, sie für sich zu gewinnen. Er war im Alltag kaum klar genug im Kopf, ganz zu schweigen davon, wie er sich wohl fühlen würde, wenn er mit Hailey zusammen wäre. Er ging die Sache langsam an, um sicher zu stellen, dass er sie nicht verschreckte.

Denn wenn es soweit war – falls es dazu kommen sollte –, würde es kein Zurück geben. Er wollte ihr Ein und Alles sein, so wie sie es für ihn war. Sie würde Sein werden. Körperlich und Geistig. Und Sloane würde ihr alles geben, was er konnte. Es war alles oder nichts, wenn es um sein Herz und seine Seele ging, auch wenn ein Teil der Dunkelheit nur ihm gehörte.

Bis er sicher wusste, dass seine inneren Dämonen Hailey nicht berühren konnten, hielt er sich zurück. Er wusste, dass es gefährlich war, jahrelang zu warten und nichts zu tun, aber sie hielt sich ebenfalls zurück. Sie wusste, dass es noch nicht an der Zeit war.

Oder vielleicht lag er falsch? Vielleicht hatte er es versaut und würde jetzt alles verlieren. An einen

Kerl, der jünger war, sie zum Lachen brachte und ihre Augen funkeln ließ.

Sloane wollte der Mann sein, wegen dem sie ihren Kopf zurückwarf und lachte. Er wollte all das sein und mehr. Aber er konnte es nicht. Noch nicht. Es war nicht an der Zeit, und jetzt würde es vielleicht nie passieren.

Gott, sein Kopf tat weh von diesen Gedankensprüngen. Er wollte sie. Er schmachtete nach ihr. Aber er war nicht gut genug, und er würde es nie sein. Aber irgendwann würde er sie gehen lassen müssen. Realisieren, dass er zwar nicht das Licht war, aber er *ihr gehörte*. Und das würde reichen müssen.

Sloane war vielleicht nicht gut genug für Hailey, aber verdammt, niemand war es. Dieser Brody mit seinen komischen Haaren war bestimmt nicht gut genug.

„Machen wir eine Pause?“, fragte Brody über seine Schulter hinweg. „Alles okay?“

Maya räusperte sich, und Sloane zwang sich, seine Aufmerksamkeit von Brody auf die andere Tätowierstation zu lenken. Seine Chefin und Freundin presste ihre Lippen zusammen, womit sie ihn überraschte. Er hatte gedacht, dass Maya einen sarkastischen Spruch ablassen würde über das, was gerade passiert war. Sogar Callie stand an ihrer Seite, die Augen weit aufgerissen und etwas überrascht. Er konnte es der jungen Frau nicht übel nehmen. Solange er sie kannte, hatte sie immer versucht, herauszufinden, warum Hailey und er nicht zusammen waren.

Wie konnte er ihnen verdammt nochmal sagen, dass er für die blonde Wunderfrau, die ihre eigenen Geheimnisse hatte, nicht gut genug war? Dass er ihre Schönheit und ihr exquisites Lächeln beflecken würde, wenn er mit ihr zusammen wäre? Das war es, was er tat. Er brachte seine Schatten mit sich, die tief vergraben waren und Menschen verderben konnten.

Aber er war ein egoistisches Arschloch. Das wusste er und ebenso, dass irgendwann die Zeit kommen würde, wenn er sich seiner Vergangenheit stellen müsste. Um das zu tun, musste er jedoch mit dem Burschen reden.

„Scheiße“, murmelte Brody. „Ich hab’ mich da in etwas eingemischt, oder?“ Der jüngere Mann drehte sich leicht in seinem Stuhl und zuckte zusammen. „Ich wusste nicht, dass sie dir gehört, Bruder. Ich habe einfach eine hübsche Frau ohne Ring am Finger gesehen, und mir gedacht, dass sie

Single ist. Tut mir wirklich leid. Ich wusste nicht, dass sie vergeben ist."

Sloane atmete tief aus und seine Wut ebbte leicht ab, auch wenn er noch immer einen Hauch von Selbstmitleid verspürte. *Super.*

„Sie ist nicht …"

Brody schüttelte den Kopf. „Doch, das ist sie. Ich habe gesehen, wie du sie angeschaut hast, und ich weiß, dass du mir eine verpassen willst. Ihr seid vielleicht nicht offiziell zusammen, aber da ist etwas zwischen euch. Ich werde später nur kurz reingehen und mich dann zurückziehen. Ich würde einfach einen Rückzieher machen, aber ich will ihre Gefühle nicht verletzen, weißt du?" Er zuckte mit den Achseln. „Wenn du mich nicht zu Ende tätowieren willst, kann ich das verstehen."

Sloane war sich bewusst, dass die anderen ihn anstarrten und darauf warteten, dass er seine „Beziehung" mit Hailey bestätigte oder verneinte. Sie warteten darauf, dass er etwas sagte. Irgendetwas.

„Ich werde dein Tattoo nicht versauen, Junge."

Brody zog eine Augenbraue hoch. „Ich weiß, dass du hier mein Leben in den Händen hältst, aber ich bin nicht viel jünger als du. Du brauchst mich nicht ‚Junge' zu nennen."

Maya murmelte etwas über patzige Kerle, während Austin stöhnte.

„Du willst, dass ich dir eine verpasse, oder?“, grunzte Sloane, seine Stimme tief. Aber so war seine Stimme immer.

„Nicht wirklich, aber wenn du mich ‚Junge‘ nennst und Hailey so aussieht, als wäre sie in meinem Alter …“

„Gott verdammt“, knurrte Austin. Der Mann konnte sich ein Schmunzeln nicht verkneifen.

„Wie wäre es, wenn du die Klappe hältst und mich dein Tattoo fertigmachen lässt?“, fragte Sloane lässig, obwohl er sich nicht so fühlte. „Dann kannst du abhauen.“

Brody seufzte und drehte sich um, damit Sloane die Schattierungen beenden konnte.

„Ja, ja, Sloane. Ich muss sagen, wenn Hailey mich so anlächeln würde, dann würde ich mir etwas mehr Mühe geben. Es könnte Probleme geben, wenn du nicht mit ihr zusammen bist und auch sonst niemanden an sie ranlässt. Nur so zur Info.“

„Brody, allen Ernstes: Halt deine Klappe“, zischte Maya. „Er hat eine Tattoomaschine in der Hand. Willst du ihn wirklich provozieren?“

„Er wird mein Tattoo nicht versauen“, antwortete Brody langsam. „Das hat er bereits gesagt.“

„Ich kann meine Meinung immer noch ändern“, sagte Sloane. Aber das würde er nicht. Niemand bei Montgomery Ink würde so etwas tun. Sogar angepisst würde niemand hier ein Tattoo versauen. Es ging um ihr Einkommen. Ihre Leidenschaft. Ihr Leben. Tätowierungen zu versauen war keine Option.

„Das würdest du nicht“, sagte Brody gelassen. „Du magst mich, auch wenn du mir gerade eine verpassen willst.“

Sloane lachte langsam und sah, wie Austins Schultern sich entspannten. „Scheiße, Junge, du hast ein Ego.“

„Es hilft mit den Frauen. Keine Angst, ich würde mich nicht an deine ranmachen.“

Hätte Brody nicht mit Hailey geflirtet, dann hätte Sloane sich eine Freundschaft vorstellen können. Er behielt sich diese Möglichkeit vor, bis er entschieden hatte, oben und was er bezüglich Hailey tun würde. Er konnte nicht so weitermachen – ausrasten, wenn ein Kerl ihr zu nahe kam. Naja, er war noch nie körperlich ausgerastet. Das war das erste Mal gewesen.

Sie hatte Brody angelächelt.

Sie hatte ihm ein Lächeln geschenkt, das Sloane gehörte.

Scheiße, ich muss den Kopf aus meinem Arsch ziehen.

Er beendete das Tattoo still, drückte seinen Rücken durch, als der Mann aufstand, und strich mit einer Hand über sein Haar.

„Okay, ich werde Hailey sagen, dass ich später nicht vorbeikommen werde. Damit sie sich nicht schlecht fühlt, okay?"

Sloane zog eine Augenbraue hoch. „Du hast ihr gesagt, dass du nach deinem Tattoo vorbeikommst. Du bist jetzt fertig, also wäre es irgendwie idiotisch, hinzugehen, um ihr zu sagen, dass du nicht vorbeikommen willst."

Brody zuckte mit den Schultern. „Dass du nichts unternimmst, ist auch idiotisch."

„Oh Gott", murmelte Maya, während Austin lachte.

„Klappe zu, Montgomerys", zischte Sloane. Dieser verdammte Montgomery-Clan mischte sich immer ein.

„Der Junge liegt nicht falsch", sagte Austin leise. „Du schleichst seit Jahren um sie herum. Wenn du nichts tun willst, dann solltest du dich zurückziehen."

Sloane knurrte und sah seinen „Freund" mit verengten Augen an. Austin starrte zurück, sein

Blick stur. Sloane zeigte ihm den Mittelfinger, bevor er seine Aufmerksamkeit wieder auf Brody richtete.

„Wieso gehst du nicht einfach und ich kümmere mich um Hailey?"

Brody sah ihn an. „Und wenn ich hingehe, damit sie nicht denkt, dass ich ein Arschloch bin?"

Sloane knurrte erneut, woraufhin Brody seine Hände hochhielt. „Scheiße, Sloane. Alles klar, aber du solltest besser schnell rübergehen, damit sie nicht denkt, dass ich sie sitzen gelassen habe, okay? Das wäre echt beschissen."

„Ich werde sicherstellen, dass sie es versteht." Nicht, dass er es verstand …

Was zum Teufel tat er da? Er schob Männer beiseite und benahm sich wie ein totaler Volltrottel. Er würde zu ihr gehen müssen und über seine Gefühle sprechen. Klar, sie hatten bereits über Gott und die Welt gesprochen, aber es war nie etwas wirklich Wichtiges gewesen. Er wusste, dass diesmal anders sein würde.

Warum wollte er das ändern?

Warum hatte Hailey zu diesem Kerl Ja gesagt?

Brody legte seinen Kopf schief. „Weißt du was? Scheiß drauf. Ich werde rübergehen und ihr sagen, dass ich ihren *Zucker* nicht haben kann. Ich werde nicht das Arschloch sein. Du bist es."

Sloane wollte zugreifen und den Burschen am Nacken packen, aber er beherrschte sich. Der andere Mann ging durch die Tür, die Montgomery Ink und Taboo verband und ließ Sloane zurück, der sich wie ein Idiot fühlte.

„Ich kann nicht glauben, dass du das gerade getan hast“, sagte Callie sanft. „Ich weiß, dass du und Hailey dieses … Ding habt, aber du hast es gerade echt versaut.“

„Jetzt nicht, Callie.“

„Hey, du kannst auf eine Schwangere nicht wütend sein“, fauchte Maya.

Dieses Mal war Sloane derjenige, der seine Hände verteidigend hochhielt. „Gott, was ist heute los mit euch?“

Maya ging auf ihn zu. „Oh, ich weiß nicht … Vielleicht ist es, weil wir dir zusehen, wie du dich wie ein Arschloch aufführst und es selbst nicht einsiehst?“

Sloane leckte sich über die Lippen. Er wusste, dass er sich wie ein Arschloch benahm, aber er wusste nicht, wie er aufhören sollte. Er hatte in letzter Zeit viele Dinge nicht aufhalten können, und trotzdem schien er nur Fehler zu machen. Er näherte sich Hailey, wohl wissend, dass er sie verletzen würde. Zuerst war er ihr aus gutem

Grund aus dem Weg gegangen, dann hatte er sichergestellt, dass er seine Gefühle für sich behielt, als er nicht länger von ihr wegbleiben konnte.

Jetzt hatte er sich in etwas eingemischt, das ihn nichts anging. Einen kleinen Teil von ihm interessierte es nicht, und derselbe wollte, dass sie für immer Sein wäre. Aber der logische Teil seines Gehirns wusste, dass er wegbleiben musste. Es wäre besser für alle, wenn er sich zurückhielt und Hailey auf der anderen Seite der Wand bleiben würde.

Aber er hatte es versaut.

Ernsthaft.

„Willst du nichts sagen?“, fragte Maya, während sie ihn anstarrte. Diesmal sah er keine Wut, sondern Enttäuschung. Nichts traf ihn tiefer, als dieses Gefühl in den Augen seiner Freunde zu sehen. „Ich will, dass du glücklich bist, Sloane. Wieso kannst du das nicht sehen?“

„Ich könnte dasselbe über dich sagen“, sagte er, ohne nachzudenken.

Ihre Augen weiteten sich und ihr Gesicht wurde blass. „Weißt du was? Fick dich. Ich bin fertig. Steh dir selbst im Weg. Blockier alle Emotionen, die du haben könntest. Aber wenn du Hailey mehr verletzt, als du es bereits getan hast, dann werde ich dir in die Eier treten.“

Damit eilte sie davon, und Sloane schloss seine Augen, während er sich selbst verfluchte. Maya hatte ihre eigenen Probleme, und er hätte nicht darüber sprechen sollen – auch nicht vage. Freunde taten sowas nicht. Sie machten einander nicht fertig, wenn sie wussten, dass der andere verletzt war.

Und trotzdem versaute Sloane alles.

„Geh spazieren oder zeichnen“, sagte Austin leise. „Atme durch.“

Sloane atmete tief ein und nickte steif. Montgomery Ink war seine Familie, und er musste sich daran erinnern. Er hatte es für sich behalten, was Hailey ihm bedeutete, was er für sie sein wollte, und jetzt musste er damit fertigwerden, dass er es zu lange verheimlicht hatte. Die anderen hatten immer gewusst, dass etwas zwischen ihnen war, aber er war noch nie so offen gewesen über ihre … Verbindung.

Und Hailey würde bald herausfinden, was er getan hatte. *Na toll …*

Er schloss die Bürotür hinter sich und seufzte laut, eine Hand auf seinem Gesicht.

Dann setzte Sloane sich an den Schreibtisch und glitt mit den Fingern über sein Skizzenbuch. Solange er sich erinnern konnte, war er ein Künstler gewesen, auch wenn er sich nie so gesehen. hatte. Er hatte sich mit einem Bleistift ausgekannt, aber er hatte sein Talent für sich behalten und nicht gewollt, das jemand davon erfuhr. Nicht, wenn eine Schwäche wie Kunst ihn in eine Prügelei verwickeln konnte.

Er hatte vor langer Zeit gelernt, dass seine Finger mehr für eine Waffe gedacht waren also für Grafit und Tinte.

Oder zumindest war es das gewesen, was sein Vater ihm gesagt hatte.

Seine Muskeln spannten sich an, als er seine Zähne fest zusammenbiss und sich zwang, seinen Atem zu beruhigen. Seine Brust verkrampfte sich, bevor er mit der Faust über sein Herz rieb.

Er steckte seine Kopfhörer in die Ohren und schaltete ein Alt-Rock-Lied an, das nicht zu viel Bass hatte, und wo der Sänger in seine Ohren säuselte, statt über verlorene Herzen zu heulen. Sloane musste sich beruhigen, bevor er eine weitere Panikattacke erlitt. Er hatte noch nie eine mitten im Studio gehabt, aber er war echt nah dran gewesen.

Seine Zeit beim Militär war über ein Jahrzehnt her, und trotzdem konnte er noch immer die Schreie hören, und die Schüsse vergingen nie. Wenn er tief durchatmete und sich aufs Zeichnen konzentrierte, konnte er sich genug entspannen, um nicht von kaltem Schweiß durchnässt zu werden. Wenn er es schaffte, würde er nicht mitten ins Büro kotzen und gegen die Wand schlagen, weil er keinen anderen Ausweg für seine Emotionen hatte.

Sloane nickte im Takt zum Lied und zwang sich, seine Augen zu öffnen. Seine Hände glitten über das Buch vor ihm, bevor er es öffnete, den Bleistift fest im Griff. Er hatte ein paar Zeichnungen, die er für seine Kunden fertig bekommen musste, und ein paar andere, die er zur Entspannung anfangen konnte.

Aber er konnte sich nicht konzentrieren.

Eine Hand berührte seine Schulter, und er wirbelte herum, ehe er im selben Atemzug aufstand, seine Hand gehoben, der Bleistift eine Waffe. Der Takt der Musik und sein Herz wurden schneller.

Hailey stand vor ihm, ihre Augen weit aufgerissen, eine Hand über ihrem Herzen, die andere vor ihr ausgestreckt.

Um sich zu beschützen.

Vor ihm.

Das war der Grund, wieso er nicht der Richtige für sie war.

Das war der Grund, wieso er ihr fernblieb.

Er würde sie verletzen und an seine inneren

Dämonen verlieren.

„Was?“, knurrte er, während er die Kopfhörer aus den Ohren zog.

Hailey atmete tief durch, und Sloane tat es ihr gleich. „Scheiße, ich wollte dir keine Angst machen. Du hast mich überrascht.“

Sie schluckte hart. „Ich weiß.“ Sie leckte sich über die Lippen und ließ ihre Hände sinken, bevor sie sie zu Fäusten ballte. „Was zum Teufel ist falsch mit dir?“

Er erstarrte. War das Panik in ihren Augen? Hatte sie es gesehen? Dass er gebrochen war – zu gebrochen für eine Frau wie sie?

„Wieso ist Brody vorbeigekommen, um mir zu sagen, dass ich etwas ‚mit Sloane klären‘ soll, und dass er nicht interessiert ist?“, fuhr sie fort.

Sloane schluckte hart, das Glücksgefühl darüber, dass sie ihn nicht durchschaut hatte, wurde schnell durch ein belastendes Gefühl ersetzt, weil er es versaut hatte.

„Er ist nicht gut genug für dich“, sagte er einfach.

Ihre Augen verengten sich, die Wangen knallrosa. Er liebte es, dass sie ihre Emotionen so offensichtlich zur Schau stellte. Meistens lächelte sie, als ob sie fröhlich und aufgedreht sein musste für ihre

Kunden. Sie fügte etwas *Zucker* zu ihrem Akzent hinzu, wenn sie sich danach fühlte. Aber manchmal sah er etwas anderes – die Frau, die er in seinem Leben wollte, aber nicht haben konnte.

„Fick dich, Sloane."

Seine Augenbrauen stiegen hoch. Hailey fluchte normalerweise nicht.

„Sieh mich nicht so an, du Arschloch. Weißt du was? Schau mich gar nicht an. Was zum Teufel denkst du, wer du bist, Sloane? Ich dachte, du wärst mein Freund, aber vielleicht lag ich falsch. Was für ein Mann hat das Recht, zu entscheiden, mit wem andere sich treffen dürfen? Du hast kein Recht, dich einzumischen. Ich habe *einen* Mann angelächelt. Einen. Ich habe gesagt, dass ich in meinem Laden sein werde, sobald er fertig ist. Das war's! Aber irgendwie hat das etwas in dir ausgelöst und deinen Alpha-Komplex angeregt. Du hast ihn verscheucht! Wie kannst du es wagen, zu sagen, dass er nicht gut genug ist? Du kennst ihn nicht! Und anscheinend kennst du mich auch nicht …"

Tränen füllten ihre Augen, und sie blinzelte sie schnell weg, ehe sie ihr Kinn hob.

Verdammt. Er war ein Arsch. Ein Trottel. Ein Loser. Ein Idiot.

„Wieso hast du das getan?", fragte sie leise. „Du

bist mir jahrelang aus dem Weg gegangen. Wir sind Freunde, aber nicht sehr enge. Wieso hast du die Regeln einfach geändert?“

Sie hatte sie zuerst geändert, als sie vor ihm mit einem anderen Mann geflirtet hatte, aber das wollte er nicht sagen. Er hatte sie bereits verletzt, und sich selbst damit auch.

Er musste ein Mann sein, das wusste er, aber ihm war ebenso bewusst, dass er nicht gut genug war – nicht das, was sie brauchte.

„Ich will mit dir ausgehen“, sagte er und überraschte sich selbst.

Haileys Kinnlade fiel runter. „Was?“

„Geh mit mir aus.“ Was zum Teufel tat er da? Er hatte Brody gedroht, weil der Kerl nicht gut genug für sie war – zumindest hatte er sich das so erklärt –, aber das hieß nicht, dass *er* es war. Er wusste, dass er es nicht war.

„Du hast Brody gesagt, dass er sich zurückziehen soll, weil du mit mir ausgehen willst?“, fragte sie, ihre Stimme immer lauter.

„Du hast gesagt, dass ich die Regeln geändert habe, also lass mich sie noch mehr ändern. Geh mit mir aus.“

Sie blinzelte und nickte. „Okay.“

Nicht die beste Antwort, aber er hatte sie auch

nicht gerade nett gefragt. Er konnte es ihr nicht verübeln.

„Ich werde dich um sieben Uhr abholen."

„Heute? Du willst mich heute ausführen?"

„Hast du ein Problem damit?" Wieso war er so ein Arschloch?

„Weißt du was? Ich habe keine Ahnung, Sloane. Ich verstehe nicht, was hier vor sich geht, aber okay. Bis später. Um sieben." Sie atmete tief aus, schloss ihre Augen kurz und sah ihn an. „Ich hoffe, wir finden heraus, was wir hier tun, bevor es zu spät ist." Sie flüsterte den letzten Teil, bevor sie aus dem Büro marschierte und ihn erneut alleine ließ.

Er hoffte ihretwegen, dass sie es herausfinden würden. Denn er hatte die Wand durchbrochen, die sie vorsichtig errichtet hatten, und jetzt mussten sie mit den Konsequenzen leben.

Und während seine Gedanken rasten und er versuchte, seinen nächsten Schritt zu durchdenken, war ein kleiner Teil von ihm voller Hoffnung – ein Teil, den er täglich vergrub.

Er hatte eine Verabredung mit Hailey.

Endlich.

Und er würde es versauen. Schon wieder. Das war es, was er tat. Er hoffte nur, dass er Hailey nicht zerstören würde.

Kapitel Drei

HAILEY HATTE DEN VERSTAND VERLOREN. Das war die einzige Erklärung, wieso sie gerade vor ihrem Spiegel stand und an ihrem Bademantel herumfummelte. Es schien wie ein Traum, aber so, wie ihr Herz raste, wusste sie, dass es echt war.

Viel zu echt.

In einem Moment hatte sie Kaffee zubereitet und sich gefragt, wie sie Brody einen Korb geben konnte, und im nächsten stand sie in Sloanes Büro und verabredete sich. *Mit ihm.*

Es machte keinen Sinn.

Sobald sie wieder im Café angekommen war, hatte sie gewusst, dass es ein Fehler gewesen war, mit Brody zu flirten. Sie wollte zwar einen Schritt in eine Richtung gehen, die nicht den Mann einschloss, der sie niemals wirklich wollen würde, aber sie hatte nicht so schnell sein wollen. Es ging nicht darum, dass Brody nicht attraktiv war. Und er war wirklich süß gewesen …

Es ging eher darum, dass er nicht der *Eine* für sie war. Sie wusste zwar, dass Sloane sie niemals wollen würde, aber genauso sicher war es, dass sie Brody niemals haben wollte. Es war falsch gewesen, und sie hatte es sofort zurücknehmen wollen.

Aber Brody war ihr zuvorgekommen, als er aufgetaucht war und gesagt hatte, dass er nicht bleiben konnte. Sie hätte zwar verletzt sein sollen, dass er seine Meinung so schnell geändert hatte, aber sie hatte nur Erleichterung verspürt. Er schien ein netter Kerl zu sein – vielleicht auch etwas gefährlich, trotzdem wollte sie ihn nicht. Nicht einmal für eine Tasse Kaffee mit ein bisschen Flirten. Sie hatte ihn angelächelt und gesagt, sie verstünde – auch wenn sie das trotz der Erleichterung nicht getan hatte. Als sie ihn gefragt hatte, was los war, hatte er sie einfach angewiesen, mit Sloane zu sprechen. Hailey hatte ihre Hände hart gegen den Tresen gepresst.

Nachdem er diese Bombe platzen lassen hatte, war er einfach gegangen, die Hände in den Hosentaschen vergraben, ein Lächeln auf seinem Gesicht.

Es hatte keinen Sinn ergeben. Wieso hatte er das gesagt, nachdem er seine Schmeicheleien zurückgenommen hatte?

Sie war ins Montgomery Ink gestürmt, verletzt und wütend, dass Sloane sich eingemischt hatte – vor allem, weil er selbst nie einen Schritt auf sie zugegangen war –, und war bereit gewesen, ihm ordentlich ihre Meinung zu sagen.

Niemand hätte mehr überrascht sein können, als er sie um eine Verabredung gebeten hatte.

Oder eher, als er ihr gesagt hatte, dass sie miteinander ausgehen würden.

Sie war sich nicht sicher, wie das passiert war. Nur, dass sie ihr Kinn gehoben und zugesagt hatte. Sie hätte es nicht tun sollen, das wusste sie. Der Mann hatte sie nicht gewollt, bis jemand anderes ihr seine Aufmerksamkeit geschenkt hatte. Beziehungen sollten so nicht anfangen. Er hätte sie nicht hinhalten sollen. Das war nicht fair. Weder für sie noch für ihn.

Und trotzdem war sie schwach geworden.

Sie hatte sofort eingewilligt.

Hailey schloss ihre Augen und berührte ihren Bademantel. Sie konnte nicht absagen. Sloane würde bald hier sein, und sie wollte diese Chance nutzen.

Sie hatte vorher bereits um ihr Leben gekämpft – und sie hatte Narben, die dies bewiesen –, also konnte sie es vielleicht schaffen. Vielleicht konnte sie mit jemandem zusammen sein und sich daran erinnern, dass sie mehr war als ihr Körper. Sie war stark.

Hm, hatte sie aber nicht bewiesen, dass sie schwach war, indem sie ihm zugesagt hatte? Sie hatte einfach nachgegeben.

Hailey war verdammt verwirrt, und die Tatsache, dass sie gleichzeitig aufgeregt war, half nicht. Sie hatte Sloan jahrelang gewollt, und jetzt hatte sie endlich ihre Chance. Vielleicht sollte sie das „Wie" zur Seite schieben und sich auf das „Jetzt" konzentrieren.

Sie öffnete ihre Augen und sah sich ihr Spiegelbild an. Sie konnte im Jetzt leben. Das tat sie seit dem Tag, an dem sie ihrer Sterblichkeit in die Augen gesehen hatte, mit einer fragilen Stärke, von der sie nicht gewusst hatte, dass sie sie besaß.

Oh, Sloane und sie würden besprechen müssen, wie es dazu gekommen war, auch wenn nur kurz, aber sie musste endlich vorankommen.

Sie berührte den Saum ihres Mantels, bevor sie den Stoff zu Boden fallen ließ und nackt vor dem Spiegel stand, während sie sich auf dieselbe Stärke verließ, die sie seit langem im Dunkeln versteckt hatte.

Ihr Chirurg hatte wundervolle Arbeit geleistet, aber es gab nur so viel, was man bei einer bilateralen Mastektomie tun konnte, die tief ins Gewebe gegangen war. Es hatte sechs rekonstruktive Operationen gebraucht, um die richtige Balance zu finden. Jedes Mal hatte sie schmerzerfüllt geweint, wegen ihrer Medikamente erbrochen und an so tiefen Stellen Schmerzen empfunden, dass sie sich sicher gewesen war, dass sie nie wieder aufstehen und atmen können würde.

Ihre Brüste waren weg.

Alles, das übrig war, verdankte sie ihrem Arzt. Eine große Narbe – etwas verblasst, aber trotzdem noch da –, lag über ihren neuen Brüsten. Andere Narben von Operationen, Porten und Therapien übersäten ihren Oberkörper, Bauch und den Bereich zwischen ihren Brüsten. Es war nicht schön anzusehen, und manchmal war sie sich bewusst, dass es einfach nur schrecklich war.

Als sie die Verbände nach der ersten Operation abgenommen hatte, hatte sie geschluchzt – herzzerreißende Schluchzer, die ihren Körper durchzuckt hatten … oder zumindest den Teil, den sie noch hatte. Sie hatten nicht mit der Rekonstruktion beginnen können bis nach der zweiten Operation, weil die Krebszellen so tief gewesen waren. Es hätte nicht so schmerzhaft sein sollen. Sie war am Leben. Brüste waren nur Brüste.

Aber das war eine verdammte Lüge gewesen.

Sie war eine *Frau.* Ihre Brüste waren ein Teil von ihr gewesen. Mit einundzwanzig hatte sie ihren Körper geliebt. Klar, sie hatte vielleicht von etwas mehr Kurven geträumt, als sie jünger gewesen war, aber dazu war es nie gekommen. Statt sich selbst zu finden, nachdem sie ihre Teenager-Jahre durchgestanden hatte, hatte sie ihrer Sterblichkeit in die Augen blicken müssen.

Also ja, von außen hatte sie einen normalen Körper – wenn man dieses Wort benutzen konnte. Ihr Chirurg war erstklassig gewesen, und nach all diesen Jahren wusste Hailey, was sie tragen konnte, um sicherzugehen, dass niemand die Narben darunter erahnen konnte.

Aber sie war nicht dieselbe Frau, die sie einst gewesen war.

Eine Sache, die sie anders gemacht hatte als die meisten Frauen, waren ihre Brustwarzen. Sie hatte sich entschieden, sie nicht zu behalten, wie manche Frauen es taten. Es war nicht die richtige Operation für sie gewesen, und sie hatte mit ihrem Leben weitermachen wollen. Ihre Brustwarzen machten sie nicht aus – zumindest hatte sie das anfangs gedacht. Sie hatte sich auch dagegen entschieden, sie tätowieren zu lassen. Vorerst. Sie kämpfte mit sich selbst und hatte sogar fast Maya gefragt, es für sie zu tun … aber es war nicht das, was sie wollte. Während ihrer späteren Operationen hatte sie sich Implantate einsetzen lassen, auch wenn sie nicht perfekt waren. Sie vermisste ihre Kurven, und auch wenn sie sich am Anfang nicht wie *ihre* angefühlt hatten, hatte sie sich an sie gewöhnt.

In den Jahren seit ihrer Diagnose und Genesung hatte sie einen Plan erschaffen. Sie wollte eine bestimmte Art von Tattoo über dem Gewebe, das einst ihre Brüste gewesen waren, und ihrem Herzen. Sie wusste, von wem sie sich tätowieren lassen wollte. Während Maya, Austin oder Callie sich gut um sie kümmern würden, wollte sie jemanden, der eine Dunkelheit in sich trug und eine Narbe auf seiner Seele, die genauso tief, wenn nicht tiefer, war als ihre körperlichen.

Hailey wollte Sloane.

Sie atmete tief aus.

Sie hatte nie den Mut gehabt, ihn zu fragen, aber … vielleicht war es an der Zeit. Wenn er sie nackt sehen würde, würde er sowieso über ihre

Brüste Bescheid wissen. Und falls sie mit dieser Verabredung – dieser Beziehung – weitermachen wollte, würde er alles zu sehen bekommen.

Das war etwas, wozu sie vorher nicht bereit gewesen war, aber vielleicht – ganz vielleicht – würde Brodys Einmischung dabei helfen, nicht nur die Narben auf ihrem Körper und ihrer Seele zu heilen, sondern Sloane zeigen, was er mit ihr haben könnte. Und sie mit ihm.

Ich bin nicht dieselbe Frau, erinnerte sie sich selbst, *aber niemand ist das für immer.*

Sie seufzte und zog eine dunkle Leggings und eine Tunika an. Sie betonte ihre Kurven gerade so, dass sie die Unebenheiten nicht zur Schau stellte. Egal, wie viele Operationen sie gehabt hatte, sie würde niemals perfekte Brüste haben. Aber die hatte sie ohnehin nie gehabt – auch nicht als sie echt gewesen waren. BHs zu tragen und ihre Schultern gerade zu halten, half etwas. Sobald sie jedoch nackt war … Naja, das war eine Art von Vertrauen, die sie früher versucht hatte, zu geben.

Circa ein Jahr nach ihrer letzten OP hatte sie mit einem Mann geschlafen, mit dem sie zusammen gewesen war. Er hatte gewusst, dass sie Krebs gehabt hatte, war sich aber nicht der Tiefe ihrer … Neuheit bewusst gewesen. Er hatte sie nicht zum

Höhepunkt gebracht und hatte sich so weit von ihren Brüsten ferngehalten, dass sie sich ausgestoßen gefühlt hatte. Sie spürte zwar nicht dasselbe, wie sie einst von ihren Nippeln gewohnt gewesen war, aber ihre Brüste komplett zu ignorieren und nicht einmal anzuschauen, hatte ihre Nacht ruiniert, und das, was sie für den Mann gefühlt hatte. Es hatte auch daran gelegen, dass sie nicht über ihre Gefühle gesprochen hatte, aber verdammt, er hätte es besser handhaben können.

Sie hatte seither mit keinem Mann geschlafen.

Die Tatsache, dass sie mit ihrem Vibrator länger brauchte, bis sie ihren Orgasmus erreichte, als sie es vor der Chemo getan hatte, machte es nicht viel einfacher. Aber wenn sie geduldig war – und ehrlich darüber, dass sie an Sloane dachte, wenn sie sich selbstbefriedigte –, schaffte sie es letztendlich. Und obwohl sie heißen Sex vermisste, vermisste sie die Intimität noch mehr. Sie hatte während ihrer Schulzeit und im College ein paar feste Freunde gehabt, also war sie nicht gerade unerfahren. Sie hatte aber nach dem letzten Mal aufgegeben und war von der Frau, die sie gewesen war, zu einer neuen, Single-Version übergegangen.

Mit Sloane auszugehen, war eine Vertrauensherausforderung, der sie sich noch nie hatte stellen müssen … zumindest nicht so. Falls und wenn sie ihm über ihre Krebserkrankung und ihren Körper erzählte, müsste sie ihm einen Teil von sich selbst anvertrauen – einen intimen –, bevor er sie jemals berühren konnte.

Sie vertraute Sloane mehr als sonst jemandem zuvor, allein aufgrund der Tatsache, wie er sie behandelt hatte, als sie sich kennengelernt hatten. Die Verbindung zwischen ihnen war mit der Zeit immer enger geworden.

Sie hatten beide ihre Gründe gehabt, einander bis jetzt aus dem Weg zu gehen.

Sie würde ihm ihre Geheimnisse erzählen müssen, weil sie es nicht weiter verheimlichen könnte.

Hailey hoffte nur, dass er sich ihr auch anvertrauen würde.

„Hör auf", sagte sie sich selbst. Sie hatte die letzten zwanzig Minuten damit verbracht, sich im Spiegel anzustarren, während sie versuchte, herauszufinden, wie sie in diese Situation geraten war, und jetzt würde sie spät dran sein, wenn sie sich nicht beeilte.

Sie glättete ihr Haar, so schnell sie konnte, bis die glatten Strähnen den perfekten Bob formten. Ihre Haare waren nach der Chemotherapie etwas lockiger geworden, also musste sie die Wellen glätten, um ihren Haarstil beizubehalten. Sie fand ihren dichten Pony total cool und war dankbar dafür, dass ihr Haar nicht dünner geworden war wie bei anderen. Ihr Stil ähnelte dem ihrer Perücke während ihrer Chemo, und sie hatte geliebt, wie sie ihr Gesicht umrahmt hatte, also hatte sie ihr Haar später so wachsen lassen.

Sie kümmerte sich um ihr Make-Up und trug einen tiefroten Lippenstift auf, der keine Spuren hinterließ. Sie liebte diese Marke und hoffte, dass ihre Bäckerei weiterhin erfolgreich genug sein würde, um sie sich leisten zu können.

Es klopfte pünktlich an ihrer Tür, was sie zum Lächeln brachte. Sloane war bekannt für seine Pünktlichkeit. Und so, wie sie ihn und seine Militär-Denkweise kannte, war sie sich sicher, dass er mindestens fünf Minuten gewartet hatte. Er war lieber zu früh als auch nur eine Minute zu spät. Sie kam normalerweise auch nicht zu spät, aber manchmal schaffte sie es nur gerade so.

Hailey glitt mit ihren Händen über ihre lange Tunika, bevor sie die Tür öffnete. Ihr Herz klopfte laut in ihren Ohren.

Verdammt, sie liebte seinen Stil.

Sloane hatte eine alte Lederjacke an, die ihm

genau passte und sich auf eine Weise an seine Schultern anschmiegte, die sie sie direkt runterziehen wollen ließ. Seine Beine steckten in einer verblassten Jeans, nicht so alt, dass sie löchrig war, aber gerade genug, um seine Oberschenkel mit dem idealen Blau zu umgeben. Die schwarzen Stiefel trugen nur zu seinem Bad-Boy-Image bei, das ihr Herz schneller schlagen ließ.

Er hatte sich eine gestrickte Mütze über seinen kahlen Kopf gezogen, weil es draußen immer noch etwas kühl war, auch wenn es langsam wärmer wurde. Natürlich konnte das Denver-Wetter unberechenbar sein, einen Tag hatte man Frost, den nächsten fast Sommer.

„Wow“, flüsterte sie, und er grinste.

„Du bist auch ganz schön wow.“ Er steckte die Hände in seine Taschen. Seine Augen strahlten, als ob er selbst nicht wusste, wie er hier gelandet war. Vielleicht projizierte sie ihre eigenen Unsicherheiten auch nur auf ihn …

„Willst du reinkommen?“ Sie biss sich auf die Lippe. Warum war sie so unbeholfen? Es war *Sloane.* Sie sahen einander fast jeden Tag. Er war oft in ihrem Laden, um einfach nur zu reden. Oder eher um zu grunzen und zu murmeln, außer wenn es um etwas ging, das ihm wichtig war. Sie kannten einander. Wieso fühlte dieser Abend sich also anders an?

Weil es anders war.

Er legte seinen Kopf zur Seite und sah sie genau an. „Wenn du willst. Ich habe uns einen Tisch im Illusion reserviert, aber ich kann absagen, wenn du lieber etwas anderes machen möchtest." Er grinste wieder. „Ich habe dich ja überhaupt nicht gefragt, was du tun willst."

Sie atmete tief aus. „Wir sind das etwas falsch angegangen, oder?"

Sloane zuckte mit den Schultern. „Na und? Wir können alles so machen, wie wir wollen. Das ist alles, was zählt. Wieso schnappst du dir nicht eine Jacke, und dann gehen wir ins Illusion? Wir können den Rest später herausfinden."

Sie nickte, irgendwie erwärmt durch seine Worte. Es gefiel ihr, dass er das Wort „Wir" benutzt hatte.

Sie war seit langem kein Teil von einem *Wir* gewesen. Sobald sie ihre Jacke und Tasche geschnappt hatte, schloss sie die Tür hinter sich ab und stand vor Sloane. Er nahm ihre Hand in seine großen, schwieligen Hände, und sie leckte sich über die Lippen.

Er hatte sie vorher berührt – leichte, sanfte

Berührungen –, aber er hatte nie ihre Hand gehalten.

Es passiert wirklich.

„Bereit?“, fragte er, seine Stimme tief.

War sie bereit? Sie war sich nicht sicher, ob sie jemals bereit sein würde, aber hier war sie. Mit Sloane. So vollkommen, wie sie sein könnte. Bereit, ins kalte Wasser zu springen.

„Ja“, flüsterte sie und räusperte sich, „das bin ich.“

Ihre Blicke trafen sich. „Gut.“

Sie gingen gemeinsam zu seinem Auto, einem heißen Wagen mit extra breiten Reifen für den Winter. Sie wusste, dass er ein Motorrad hatte, das er während der wärmeren Jahreszeiten benutzte, und sie hatte sich immer vorgestellt, mit ihm darauf zu fahren, ihre Oberschenkel um ihn geschlungen.

Sie errötete, und es nervte sie, aber sie schob die Gedanken schnell beiseite.

Zuerst ihr Date.

Dann Sex.

Sobald Sloane neben ihr saß, zog er eine Augenbraue hoch. „Entweder ist dir kalt, oder du hast schmutzige Gedanken.“

Hailey schnaubte. „Ich hatte vergessen, dass du mich zu gut kennst.“

Er leckte sich über die Lippen. „Heißt das, dass ich recht habe?"

Es geht hier um Sloane, sagte sie sich erneut. Sie konnte sie selbst sein.

„Und was, wenn ich Ja sage? Du bist sexy, und ich habe an dein Motorrad gedacht."

Er lächelte, das Weiß seiner Zähne ein strahlender Kontrast gegenüber seiner gebräunten Haut. „Wir können eine Runde drehen, sobald es wärmer wird."

Sie dachte sofort daran, auf *ihm* eine Runde zu drehen, und dann daran, auf seinem Motorrad zu sitzen. Hieß das, dass er sie mitnehmen wollte – *mit ihm* –, oder nur als Freunde?

Wieso fiel es ihr so schwer, klar zu denken?

„Hör auf, so viel nachzudenken."

Sie sah ihn kurz an, während er fuhr. „Hör du auf, meine Gedanken zu lesen."

„Ich kann nicht anders. So sind wir halt."

„Wohl wahr", murmelte sie. „*Was* tun wir hier, Sloane?" Sie hatte es nicht so direkt sagen wollen, aber sie konnte sich anscheinend nicht beherrschen.

Er seufzte und umgriff das Lenkrad fester, sodass seine Knöchel weiß hervortraten.

„Wir gehen miteinander aus. Wir werden essen,

uns ein wenig unterhalten und den Rest herausfinden."

Sie presste ihre Lippen zusammen. „Dann was? Wieso jetzt? Wieso hast du gewartet, bis Brody mit mir geflirtet hat?"

Er knurrte leicht, ehe er am Straßenrand parkte. Ihre Augen weiteten sich, als er die Blinker anstellte und sich zu ihr wandte.

„Okay. Alle Karten auf den Tisch, okay? Du und ich? Wir tanzen schon seit einer Weile umeinander herum. Ich weiß es. Du weißt es."

Sie nickte. „Ja, du hast recht, aber–"

„Ich bin noch nicht fertig."

Sie schnaubte erneut und winkte ihn ab. Gott, sie mochte ihn nachdenklich und knurrend.

„Ich habe unseren Tanz genossen und gleichzeitig gehasst. Ich habe dich schon immer gewollt, Hailey, aber … ich habe meine Gründe, wieso ich mich ferngehalten habe. Ich weiß, dass ich nicht gut genug bin, aber ich kann mich nicht weiter davon abschrecken lassen. Ich liebe das, was wir haben. Wie wir miteinander reden und wie ich dir beim Backen zusehe. Aber ich will mehr." Er atmete ein. „Ich weiß nicht, ob ich es verdiene, aber ich will es. Nur zum Mitschreiben: Du hast zwar deine Geheimnisse, aber du sagst meistens, was du willst."

Sie schluckte. „Ich hätte dich schon früher einladen können, und du hast recht. Ich habe Geheimnisse, wegen denen ich mich zurückgehalten habe."

Er musterte sie erneut. „Hm, nun tun wir endlich etwas dagegen. Lass uns das Wieso vergessen und herausfinden, was wir als Nächstes tun wollen. Ich weiß, dass unsere Geheimnisse bald ans Licht kommen werden, aber–"

Diesmal unterbrach Hailey ihn. „Aber wenn wir so weitermachen, werden wir einander nur verletzen."

„Genau. Also, klingt Illusion gut, oder willst du etwas anderes machen? Ich weiß, dass du jeden Tag mit Essen arbeitest, also kannst du entscheiden."

Illusion war ein Hipster-Restaurant, das vor ein paar Monaten in der Innenstadt von Denver aufgemacht hatte. Es war nicht so protzig wie die meisten seiner Art und hatte wundervolles Essen. Es war ein halbwegs verstecktes Lokal, das oft voll war, weswegen Sloane einen Tisch reserviert hatte. Das Essen war bio und einfach lecker, und da Hailey nur noch bio aß – dank der Chemikalien, mit denen sie früher vollgepumpt worden war –, um ihren Körper jetzt auf die beste Weise zu behandeln, passte es ihr gut.

„Lass uns losfahren“, sagte sie sanft und atmete tief ein.

Sloane griff nach ihr und legte seine Hand auf ihre Wange. Ohne nachzudenken, lehnte sie sich vorwärts. „Okay, Hails. Lass uns essen gehen.“

Er ließ sie los, schaltete die Blinker aus und fuhr auf die Straße. Hailey lehnte sich zurück und genoss die Wärme seiner Berührung. Sie wusste nicht, was sie da tat, aber verdammt, sie konnte es kaum erwarten, es herauszufinden.

„Willst du reinkommen?“, fragte Hailey erneut ein paar Stunden später, ihr Magen voll, ihre Wangen schmerzten vom vielen Lachen.

Das Abendessen mit Sloane war definitiv wundervoll gewesen. Er war groß, bärtig, nachdenklich und tätowiert. Und heute Abend gehörte er ganz ihr. Er hatte mit ihr gelacht und sie berührt, wann immer er konnte – sanft und liebevoll. Er hatte sich an sie herangelehnt, um Witze zu erzählen und dann gelächelt, als sie laut gelacht hatte.

Sloane sollte öfter lächeln.

Die Tatsache, dass er es in ihrer Gegenwart tat, erwärmte ihr Herz.

Sloane stand neben ihr vor der Haustür, sein Körper groß, aber nicht erschreckend. Er war der größte Mann, den sie kannte, und trotzdem wusste sie zweifellos, dass er sie nie verletzen würde.

„Gerne“, antwortete er.

Hailey schluckte, schloss die Tür auf und ging hinein, sein warmer Körper dicht hinter ihr. Er half ihr aus ihrem Mantel, und seine Finger strichen über ihre Rippen. Sie stieß einen tiefen Seufzer aus.

Als er sie an sich zog, legte sie den Kopf in den Nacken und leckte über ihre Lippen.

„Ich will dich schon seit langer Zeit küssen“, sagte Sloane sanft. „Ich hätte es vorhin tun sollen.“

„Dann tu es jetzt“, flüsterte sie.

Als er sich vorbeugte und seine Lippen auf ihre presste, überließ sie ihm die Kontrolle. Sie schlang ihre Arme um seinen Hals und drückte sich näher an ihn heran. Ihr war bewusst, was sie tat – etwas, das sie seit ihrer Diagnose nicht getan hatte.

Sie erlaubte jemandem, ihren Körper zu spüren.

Sie hatte Jahre damit verbracht, zu versuchen, sich als schön anzusehen. Als mutig. Und mit diesem Kuss würde sie einen weiteren Schritt machen.

Sie hoffte, dass er dasselbe denken würde.

Seine Zunge tanzte mit ihrer, und sie stöhnte. Sein Geschmack, sein Körper gegen ihren …

Es war alles und noch mehr.

Als er sich zurückzog, waren beide atemlos und ein fundamentaler Teil ihrer Beziehung hatte sich für immer verändert.

„I-ich habe so lange darauf gewartet“, sagte sie endlich.

Sloane grinste, aber sie sah eine Emotion hinter seinen Augen, die sie nicht erkannte. *Geheimnisse*, dachte sie erneut. Sie hatten beide Geheimnisse, also war es vielleicht an der Zeit, ihre mit ihm zu teilen. Sie hatte sich so lange versteckt, dass sie die Worte fast nicht fand. Als sie aus seinen Armen glitt, runzelte er die Stirn, ließ sie jedoch gehen, bis seine Finger von ihren Hüften glitten.

„Dann bin ich froh, dass wir es endlich getan haben. Wie wäre es mit mehr?“, fragte er.

Sie leckte sich über die Lippen und hielt ihre Hand hoch, als er auf sie zuging. „Ich muss dir zuerst etwas sagen.“

Er neigte den Kopf zur Seite. „Okay.“

Hailey lachte. „Du bist immer so. Du sagst ‚okay‘ und hörst *wirklich* zu. Das habe ich schon immer an dir gemocht, Sloane.“

Er zuckte mit den Achseln. „Es macht keinen Sinn, hier zu sein, wenn ich nicht zuhören kann. Sollen wir uns setzen?“

Sie schüttelte den Kopf. „Nein, danke, aber lass uns trotzdem ins Wohnzimmer gehen. Ich will nicht so nah an den Fenstern stehen.“

Sloane zog eine Augenbraue hoch, aber er nahm ihre Hand und ging mit ihr in den anderen Raum. Ihr Atem kam stoßweise, und ihr Puls raste – diesmal nicht aus Vorfreude.

„Du weißt ja, dass wir über … Geheimnisse geredet haben, oder? Naja, ich denke, dass ich dir meins verraten sollte, bevor wir … du weißt schon … etwas anderes tun.“

Er schüttelte den Kopf. „Du musst mir nichts sagen, wenn du nicht bereit bist. Ich weiß, dass wir heute Abend – den Tag – komisch angefangen haben, aber wenn wir das richtig angehen wollen, dann so, wie wir es wollen. Okay?“

„Ich will es richtig angehen.“ Sie schloss ihre Augen. „Es ist so viel schwerer, mit jemandem in einer Beziehung zu sein, den man kennt“, murmelte sie.

Er schnaubte. „Das ‚Kennenlernen‘ ist aus dem Weg. Du kennst mein Lieblingsgetränk, und ich weiß, welches Gesicht du ziehst, wenn du müde oder genervt bist. Also ja, wir können nichts voreinander verstecken. Ich weiß, dass du etwas für dich behalten hast. Vor allen. Vor mir. Ich kann es dir nicht übelnehmen. Wir alle haben unsere Geheimnisse."

Sie nickte. „Ich weiß, und ich hätte es allen vor langer Zeit sagen sollen. Ich wollte es nicht so lange verheimlichen. Es ist nicht so, als würde ich mich schämen …" Sie atmete tief ein. „Ich schäme mich nicht. Aber es … es ist kein einfaches Thema. Wir alle – die Montgomerys und all unsere Freunde – haben so viel durchgestanden. Nach meiner … dieser Sache in meiner Vergangenheit ist es schwer, darüber zu reden."

Sloane ging einen Schritt auf sie zu, ohne sie zu berühren. „Sag es mir, Hailey. Du weißt, dass du mir alles anvertrauen kannst. Was ist passiert?"

Hailey hob ihr Kinn. Sie war sich bewusst, dass es alles oder nichts war. „Ich hatte Krebs. Brustkrebs. Während meiner Behandlung hatte ich eine bilaterale Mastektomie. Die Kurven, die du siehst, sind nicht, wer ich war, sondern wer ich bin. Ich bin eine Kämpferin, Sloane, aber niemand weiß das."

Kapitel Vier

SLOANE HIELT INNE. Seine Gedanken versuchten, sich durch tausend Wege zu kämpfen, und waren trotzdem blank.

„Krebs", hauchte er. „Brustkrebs …"

Gott, er konnte immer noch nicht atmen.

„Jap. Das große K-Wort. Ich bin übrigens krebsfrei. Das habe ich vergessen, zu erwähnen. Um ehrlich zu sein, bin ich überrascht, dass ich so viel preisgegeben habe. Ich meine, ich habe es vor dem Spiegel geübt, aber ich habe es seit Jahren niemandem erzählt. Es ist hart. Anders. Weißt du?"

Sie plapperte weiter vor sich hin, bis er zwei Schritte auf sie zu machte, ihre Arme ergriff und seinen Mund auf ihren drückte. Emotionen flossen durch ihn, während sein Körper zitterte. Hailey keuchte in ihren Kuss, bevor sie ihn vertiefte.

Als er seinen Kopf hob und seine Stirn auf ihre legte, atmete er zittrig aus. „Ich habe dich fast verloren, bevor ich dich überhaupt kennengelernt habe. Ich weiß nicht, was ich ohne dich getan hätte, Hailey."

Ihre Hände legten sich auf seinen Bauch, und er entspannte sich. Die Berührung ließ Schmetterlinge in seinem Magen flattern.

„Sloane."

Er hob eine Hand, um ihr Gesicht einzurahmen, und sein Daumen strich eine einzelne Träne weg. „Verdammt, Hailey. Ich wusste, dass du etwas verheimlicht hast, aber ich hatte keine Ahnung. Du hattest *Krebs* und hast es niemandem erzählt." Er dachte darüber nach, was er über ihre Vergangenheit wusste, und runzelte die Stirn. „Warte mal … Wie alt warst du? Hattest du jemanden an deiner Seite?"

Sie schüttelte ihren Kopf, und er ließ seine Hände sinken, versuchte jedoch sein Bestes, sie weiterhin zu berühren.

„Ich war zwanzig, als ich die Diagnose bekam. Von da an hat es zwei Wochen gedauert, bis ich operiert wurde. Da ich erst in der 1B-Stufe war, war es behandelbar, aber sie mussten schnell mit der Behandlung loslegen, damit der Krebs sich nicht verbreiten konnte. Der Tumor war Gott sei Dank klein, aber fast so groß, dass meine Ärzte sich Sorgen gemacht hätten. Ich habe mich entschieden, beide Brüste operieren zu lassen statt nur die rechte." Ihre Hand glitt über ihre Brust, und er sah herunter, seine Gedanken rasend.

„Du warst alleine, oder?"

Sie nickte. „Du weißt, dass mein Vater uns verlassen halt, als ich ein Kind war, und meine Mutter starb, als ich achtzehn war. Ich konnte es mir nicht leisten, Vollzeit zu studieren, also bin ich zur Abendschule gegangen, während ich in einer Bäckerei arbeitete. Ich danke diesem Laden und den Leuten jeden Tag für das, was sie mir gegeben haben. Ich habe dort nicht nur gelernt, zu tun, was ich liebe, sondern eine gute Versicherung erhalten, wodurch ich mir die Behandlung leisten konnte."

Sie fuhr fort, und Sloane blieb stumm. Was konnte er sagen, wenn die Frau, die er *liebte*, fast gestorben wäre und er nicht einmal davon gewusst hatte?

„Ich musste zur Chemo und Bestrahlung, aber die Behandlung war relativ kurz, da der Krebs sich nicht weiter ausgebreitet hatte. Ich hatte echt

Glück. Ich weiß, dass es komisch klingt, da es um Krebs geht, aber ich hatte *wirklich* Glück."

„Hails."

Sie schenkte ihm ein trauriges Lächeln. „Ich habe sechs rekonstruktive Operationen hinter mir. Ich bin nicht wie früher – kein bisschen –, aber ich bin *ich*."

Sloanes Hand glitt über ihren Arm, bis er ihre Hand hielt. Sie drückte ihn. Fest. „Du bist wunderschön, Hailey. Von innen wie von außen. Das habe ich schon immer gewusst. Aber dass du diese Stärke hast und auch den Mut? Nach allem, was du hinter dir hast? Ich bewundere dich."

Sie presste ihre Lippen zusammen, ihre Augen voller Tränen.

„Scheiße, ich wollte dich nicht zum Weinen bringen."

Hailey schüttelte ihren Kopf und lächelte. „Es sind gute Tränen. Ich war mir nicht sicher, was du sagen würdest. Du redest sonst eher weniger."

Sie war nicht die erste Person, die so etwas sagte. „Ich rede, wenn es wichtig ist. Und du *bist* wichtig."

Sehr, sehr wichtig. Scheiße, er war Abschaum im Vergleich zu ihr. Und er war groß und stark. Er konnte sie mit einer mühelosen Bewegung zerbrechen. Wie konnte er nur denken, dass er gut genug war? Aber gleichzeitig wusste er, dass er es für den Rest seines Lebens bereuen würde, wenn er jetzt ginge, und sie dachte, dass es ihre Schuld war.

Sie verschlang ihre Hände ineinander und biss auf ihre Unterlippe.

„Was ist los?"

„Ich wollte es dir seit langer Zeit sagen. Nicht, weil es mich sehr bedrückt hätte, obwohl es das schon getan hat, aber eher …" Sie atmete tief ein. „Ich habe keine Brustwarzen. Ich meine, sie haben sie während der ersten Operation rausgeschnitten. Ich werde nie wieder dasselbe spüren wie zuvor. Es ist unmöglich. Ich wollte schon immer … etwas dagegen tun."

Er erstarrte. Austin und Maya hatten ein paar Nippeltätowierungen gestochen, die Ergebnisse realistisch. Sloane wusste, dass es schwer war und viel Mut benötigte. Alle Tätowierer bei Montgomery Ink hatten über Narben gestochen. Scheiße, Adam hatte dadurch seine Frau Sierra kennengelernt.

Aber er war sich nicht sicher, ob er damit klarkommen würde, dass Maya oder Austin sie tätowieren würden. Er wusste, dass er nicht das Recht hatte, eifersüchtig zu sein, aber er wollte der sein, der ihr half … wenn Hailey das wollte.

„Ich will keine tätowierten Nippel. Das ist einfach nicht mein Ding. Aber ich will etwas. Ich habe seit einer Weile darüber nachgedacht, Kunst auf meiner Brust zu tragen. Ich habe nur den Mut gebraucht, dir meine Geschichte zu erzählen und etwas zu tun."

Er atmete tief ein. „Du hast mehr Mut, als du denkst."

Sie lächelte, der Ausdruck herzzerreißend. „Ich habe immer gedacht …" Sie hielt inne und runzelte die Stirn. „Ich habe immer gedacht, dass du es tun solltest. Ich weiß nicht warum. Ich meine, ich weiß, dass wir einander seit langem wollen. Das haben wir heute Nacht bestätigt. Aber das hier ist anders. Ich dachte immer, dass du mir helfen könntest. Ich hatte nur Angst."

Sloane lehnte sich vor und küsste sie sanft. Sein Herz raste. „Es wäre mir eine Ehre, dir zu helfen. Du kannst mir vertrauen, Hails. Ich werde mich gut um dich kümmern."

Sie legte ihre Hände auf seine Brust und bewegte sich auf ihn zu. „Ich vertraue dir. Deswegen habe ich es dir gesagt. Deswegen will ich, dass du mich tätowierst."

Sloane küsste sie erneut. „Was auch immer du willst. Und wenn du bereit bist, werde ich an deiner Seite sein, um dich zu unterstützen. Dass du mich gefragt hast …“ Er schüttelte den Kopf. „Du haust mich um, Hailey. Du haust mich verdammt nochmal um.“

Sie lächelte ihn an, und er war verloren.

Er liebte diese Frau – alles an ihr –, und jetzt ging es so viel tiefer. Er hoffte, dass er sie behalten konnte.

Die Explosion traf seinen Humvee so hart, dass seine Knochen vibrierten. Sloane schnappte nach Luft, während Feuer um ihn herum aufloderte und ihn gerade so verfehlte. Er griff nach seinem Bruder, konnte ihn aber nicht ertasten. Oder sonst irgendetwas, um ehrlich zu sein.

Da war nur Schmerz.

Sloane fuhr schweißgebadet auf und versuchte, zu schlucken. Er konnte nicht atmen, und sein Herz versuchte, aus seiner Brust zu springen.

Verdammt.

Er hatte diesen Albtraum seit Jahren nicht mehr gehabt. Er wusste, dass er diesen Tag nie vergessen würde, aber er hatte gedacht, dass er diesen nächtlichen Terror, der ihn mit roten Augen und zitternden Händen zurückließ, hinter sich gelassen hatte.

Sloane grunzte, als er seine Beine über die Bettkante schob und den Kopf in seine Hände legte. Er musste nur ruhig durchatmen, und dann war alles okay. Er hatte es so schon etliche Male durchgestanden. PTBS ging nicht einfach so weg. Nicht durch freudige Gedanken und starken Willen. Er wusste, dass es vielleicht nie ganz vergehen würde, aber zumindest sollte es kein täglicher Kampf sein. Sloane ging es viel besser als manchen seiner Freunde aus seiner Militärzeit. Wenigstens war er ganz nach Hause gekommen. Oder überhaupt. Sein Körper war zwar mit Narben übersät, aber er hatte alle Körperteile und seine Sehfähigkeit behalten.

Das zählte ja, oder?

Gedanken an Verlust und Stärke führten dazu, dass er an Hailey dachte, und er ernüchterte schnell. Er hatte nur am Krieg teilgenommen. Hatte gekämpft und überlebt – größtenteils okay.

Sie hatte viel mehr verloren als er.

Und trotzdem ging es ihr besser als ihm. Sie kämpfte mit Anmut, oder zumindest hatte sie das getan. Sie hatte ihm von dem Tattoo erzählt, dass sie sich von *ihm* stechen lassen wollte. Als er an seine Situation dachte, war alles, was er getan hatte, zu leben – während so viele andere es nicht hatten tun können.

Niemand sonst hatte diese Bombe am Straßenrand überlebt.

Nur er.

Wieso hatte *er* es verdient? Wie hatte er es verdient, nach Hause zu kommen und eine Frau zu finden, durch die sich alles besser anfühlte?

Er verdiente es nicht.

Dennoch war er gerade egoistisch genug, um voranzugehen. Irgendwie musste er herausfinden, wie er damit leben konnte.

Nachdem er sie letzte Nacht erneut geküsst hatte, hatte er sich eingeredet, dass er gehen musste. Sie hatten viel geredet, und brauchten beide Zeit, alles sacken zu lassen, bevor sie den nächsten gemeinsamen Schritt machen wollten. Sie hatten sich voneinander verabschiedet, die Verlegenheit einer frischen Beziehung war schnell vergangen. Sie waren bereits Freunde – enge Freunde. Und jetzt würden sie einander besser kennenlernen. Er wusste nicht, wann sie miteinander schlafen würden, aber er konnte warten.

Sloane runzelte die Stirn. Sie hatte gesagt, dass sie nichts an ihren Brustwarzen spürte, aber war das alles? Er würde sie fragen müssen, denn er wollte sie nicht verletzen. Vielleicht würde er recherchieren, damit er die richtigen Fragen stellen konnte. Aber er wusste durch seine Therapie, dass jeder anders war. Vielleicht konnte er wenigstens ein bisschen vorbereitet sein, wenn es so weit war.

Sie waren nicht sehr jung – er zumindest nicht –, also war er nicht nervös, wenn es um Sex ging. Er würde sicherstellen, dass sie sich gut fühlte und er ihr nicht irgendwie weh tat. Es ging nicht darum, dass sie anders war als die anderen Frauen – aber das war sie, denn sie war *Hailey* –, sondern dass er sich verdammt fürchtete. Er wollte sicherstellen, dass er es nicht versaute.

Irgendwie waren sie innerhalb eines Tages von Freunden zu Partnern geworden. Er wusste nicht, ob sie offiziell zusammen waren, aber sie hatten etwas angefangen, wovon er gedacht hatte, dass er nie dafür bereit sein würde.

Sloane stand auf, glitt mit einer Hand über seinen Kopf und bemerkte, dass er ihn bald wieder rasieren musste. Er liebte das Gefühl von kühler Luft auf seinem kahlen Kopf, daher behielt er diesen Stil bei. Er hatte sein Haar seit seinem Militärtraining nicht wachsen lassen, und es schien Hailey nicht zu stören, also würde er es so lassen.

Heute musste er zur Arbeit gehen und so tun, als wäre nichts passiert. Alle hatten die Blondine in sein Büro stürmen sehen, aber danach so getan, als hätten sie nichts gehört. Er wollte nicht, dass die anderen etwas zu ihm oder Hailey sagten, obwohl er gerne herausposaunen wollte, dass er sie geküsst hatte.

Wenn er sich nicht seines Alters bewusst gewesen wäre, hätte er sich für einen Teenager gehalten, der seinen Schwarm zum ersten Mal geküsst hatte. Er war vierzig Jahre alt, verdammt nochmal.

Hailey war aber in vieler Hinsicht einzigartig, also machte es schon Sinn.

Sie war seine erste Freundin, in die er sich verliebt hatte. Die erste Frau, mit der er es ernst meinte, seit er aus dem Militär entlassen worden war.

Seine erste Chance auf … Heilung.

Als er im Montgomery Ink ankam, schmerzte sein Kopf von zu vielen Gedanken und fehlendem

Kaffee. Er hatte zu Hause keinen aufgekocht, unsicher, ob er eine Tasse von Hailey holen sollte. Gott, er benahm sich wirklich wie ein Teenager.

Sobald er Zeit hatte, würde er einfach auf einen Kaffee rübergehen und mit ihr sprechen.

Alles war anders, und doch war es gleich. Er musste sich das nur in Erinnerung rufen, und dann war alles okay.

Zumindest hoffte er das.

Sloane streckte seinen Rücken durch, als er sich an seine Station setzte. Er hatte heute drei Termine – zwei kleinere, die kaum eine Stunde dauern würden – und einen weiteren, der den Großteil seines Nachmittags in Anspruch nehmen würde. Er wusste, dass es perfekt sein musste. Nicht, dass er weniger als perfekte Kunst herstellte, aber dieser Termin musste besser laufen als die anderen.

Während die Montgomery Ink-Künstler eigentlich alles tätowierten, hatten einige ihre Spezialbereiche, für die sie bekannt waren. Sloane war bekannt dafür, dass seine Stücke Andenken darstellten. Für die, die jemanden im Krieg verloren hatten. Er tätowierte verstorbene Soldaten – Frauen, Männer und Hunde – und Militärzweige, an die Veteranen sich erinnern wollten.

Heute hatte er einen Adler geplant und wollte

sicherstellen, dass die Federn perfekt waren. Der Vogel würde aussehen, als würde er gerade losfliegen, die Flügel ausgestreckt, die Beine gebogen.

Er hasste und liebte diese Stücke zugleich.

Vielleicht – nur vielleicht – könnte er das Blut an seinen Händen loswerden, wenn er anderen half. Aber er wusste, dass dies nicht wirklich eine Option war. Er würde befleckt sein bis zu seinem Tod, aber er weigerte sich diesen Moment bald kommen zu lassen. Die Männer, die ihr Leben gelassen hatten, verdienten mehr, und Sloane konnte nicht aufgeben, wenn andere nie eine Chance bekommen hatten.

Er atmete zittrig aus und verdrängte die Erinnerungen. Es war normalerweise nicht so schlimm, aber irgendwie konnte er heute nicht davon ablassen.

Er wusste, dass Hailey nur eine Wand entfernt war, arbeitete und wahrscheinlich lächelte. Der Versuchung nachzugeben, hatte etwas in ihm angestellt – seine Schutzmauern eingerissen.

„Und? Was ist gestern Nacht passiert?“, fragte Maya. Er hob seinen Kopf und sah, wie sie an seinem Tisch lehnte und eine Augenbraue hob.

Er lehnte sich zurück und verschränkte die

Arme vor der Brust. Statt zu antworten, starrte er sie einfach nur an.

Maya verengte ihre Augen. „Du wirst mir nicht antworten, oder?“

Er blieb still.

Sie warf die Hände in die Luft. „Okay, aber wenn du ihr weh tust, werde ich dich fertigmachen. Oh, und wenn sie dir weh tut, gilt dasselbe für sie. Ich bin fair und gerecht.“

Sloane lächelte. „Das habe ich immer an dir geschätzt.“

Maya streckte ihm den Mittelfinger entgegen, ging zurück zu ihrer Station und ließ Sloane alleine mit seinen Gedanken. Sobald er Zeit hatte, würde er einen Kaffee holen gehen und sie sehen. Er hasste es, nicht zu wissen, was er sagen sollte. Das war der Grund, wieso die meisten Menschen dachten, dass er nicht gerne sprach. Er öffnete nur seinen Mund, wenn es wichtig war und er wusste, was er sagen wollte. *Das* war wichtig. Aber er hatte noch nicht die richtigen Worte gefunden.

Also blieb er sitzen und wartete auf seinen ersten Kunden, statt rüberzugehen. Er würde bald zu ihr gehen. Er konnte sich nicht vor ihr verstecken.

Und das machte ihm Angst.

Der Tag verging Gott sei Dank schnell, er stand auf, ließ seinen Hals kreisen und versuchte, die Verspannungen loszuwerden. Sein Magen grummelte, und er verfluchte sich selbst. Irgendwie hatte er es geschafft, an dem Tag nichts anderes zu essen als einen Proteinriegel, den er in seinem Schreibtisch gefunden hatte. Wer wusste, wie alt dieses Ding gewesen war? Früher hatte Callie Mittagessen für die Crew besorgt, aber da sie jetzt eine Vollzeit-Tätowiererin und keine Praktikantin mehr war, hatte sie zu viel zu tun. Griffin Montgomerys Frau Autumn arbeitete oft an der Rezeption, aber heute war sie nicht da, was bedeutete, dass er sein eigenes Essen besorgen musste.

„Iss etwas oder geh nach Hause“, sagte Austin von seinem Platz aus.

Sloane sah seinen Kumpel an. „Was?“

„Du hast den ganzen Tag nichts gegessen, und als Tätowierer ist das echt dumm. Du hast heute keine weiteren Termine und wir haben heute nicht allzu viele Walk-Ins. Maya, Callie und ich können uns darum kümmern.“

Sloane glitt mit einer Hand über seinen Nacken. „Wir brauchen mehr Künstler.“

Austin nickte. „Ich höre mich bereits nach jemandem um, der genauso viele Stunden arbeiten kann wie wir. Oder vielleicht kann ich einen Praktikanten einstellen."

Es gab vier weitere Tätowierer, die Teilzeit arbeiteten, aber sie wohnten zu weit weg und hatten noch andere Jobs. Was das Studio brauchte, war ein weiterer Vollzeit-Angestellter.

„Ich kann auch mal rumfragen", sagte Sloane.

„Alles klar. Jetzt geh rüber, rede mit deiner Frau und iss etwas. Geh nach Hause und nimm sie mit, oder schick sie wenigstens nach Hause. Ich könnte wetten, dass sie genauso lange gearbeitet hat wie du."

Seine Frau …

Er liebte es, das zu hören. Aber war es die Wahrheit? War sie Sein? Sie hatten das Thema nicht wirklich besprochen, außer dass sie es langsam angehen wollten.

Die Tatsache, dass sie ihm ihre Geheimnisse erzählt hatte, bedeutete mehr als alles andere.

Sloane nickte seinem Chef zu, bevor er seine Station aufräumte. Dann ging er ins Taboo und blieb nach wenigen Schritten stehen.

Sie war bezaubernd.

Ihre Zähne bissen auf ihre Unterlippe, als sie

versuchte, nicht zu lachen, während sie mit Austins Frau Sierra sprach. Sie hatte Mehl auf ihrer Schürze, aber ansonsten sah sie makellos aus – nicht wie eine Frau, die wahrscheinlich den Großteil ihrer Schicht auf den Beinen verbracht hatte.

Er hatte immer gewusst, dass sie stark war, aber da er jetzt ihre wahre Stärke kannte, sah er die Tiefe ihrer Kraft. Er war ein großer Mann – große Hände, großer Oberkörper. Einfach *groß*. Er könnte sie brechen, wenn er nicht vorsichtig war.

Er konnte sie auf mehr Arten und Weisen zerbrechen als nur eine. Die Zerbrechlichkeit unter ihrer Oberfläche war schwer zu erkennen, aber er sah sie. Sie konnte die stärkste Frau der Welt sein und das trotzdem in sich tragen.

Er konnte sie nicht verletzen.

Oder?

Sie drehte sich zu ihm und lächelte, obwohl Misstrauen in ihrem Blick lag. Es machte Sinn. Er war heute Morgen nicht auf einen Kaffee vorbeigekommen, und es war das erste Mal, dass sie sich nach gestern Nacht sahen. Er war sich nicht sicher, ob er zu ihr gehen und sie küssen sollte, ehe er sie auf einer Schulter aus dem Laden trug, oder stehenbleiben und sie aus der Ferne betrachten wollte.

Sloane steckte die Hände in die Hosentaschen und lächelte, damit sie sehen konnte, dass er sich freute, sie zu sehen.

Sierra sah zwischen ihnen hin und her, ihr Grinsen so breit wie das des Grinchs an Weihnachten. Sie rieb beinahe ihre Hände zusammen. Natürlich sah er das nur aus den Augenwinkeln, da seine Aufmerksamkeit der Blondine vor ihm galt – der Frau, die er in seinen Armen haben wollte.

„Hey“, sagte er.

„Hey.“

Sierra klatschte in die Hände und stieg vom Barhocker. „Hey, Sloane. Ich werde mich jetzt auf den Weg machen, um die Kinder von Harry und Marie abzuholen.“ Sie grinste. „Sie wollten etwas Zeit mit den Enkelkindern verbringen. Hailey hat mir gerade gesagt, dass sie fertig ist mit der Arbeit. Perfektes Timing.“

Sie winkte und verabschiedete sich, ehe sie ins Studio ging, um ihren Mann beim Rausgehen zu küssen.

Das ließ Sloane und Hailey alleine zurück, die Stille fast erdrückend.

Hailey räusperte sich und sagte: „Ähm, ja. Ich war gerade dabei, zu gehen.“

Er wollte mit ihr gehen.

Gott, er musste es langsamer angehen lassen.

So wie ihre Wangen erröteten, wusste sie, was er dachte. *Interessant …*

„Willst du etwas essen gehen?“, fragte er. Sein Magen knurrte. Laut. „Anscheinend muss ich echt etwas essen“, sagte er und zuckte zusammen.

Hailey lächelte und winkte ihn zu sich. „Lass mich dir Eintopf bringen. Ich habe welchen gemacht, den du magst. Ich könnte auch eine Schüssel essen.“

Ihre Blicke trafen sich. „Wollen wir was davon mitnehmen?“

Sie musterte ihn einen Moment, bevor sie nickte. „Klar. Wo gehen wir hin?“ Sie biss sich auf die Unterlippe, ihre Augen diesmal auf seinem Körper.

„Zu dir“, flüsterte er, und sie atmete zittrig ein.

„Oh, okay.“ Sie sah auf und leckte sich über die Lippen. „Das können wir.“ Sie drehte sich zur Küche, und Sloane schluckte.

Er wusste nicht, was sie tun würden, aber konnte es kaum erwarten. Sie kam schnell zurück, ihre Jacke und große Tasche in der Hand. Er nahm sie ihr ab, und ihre Hände berührten sich.

Sie atmeten beide tief ein, Sloane mit einem Lächeln im Gesicht. „Ich werde dir folgen“, sagte er sanft, bevor er sich vorlehnte, um ihr einen Kuss auf die Lippen zu hauchen.

Sie drückte sich an ihn, und er hielt ein Knurren zurück. Sie waren in der Öffentlichkeit – in ihrem Café. Er könnte sie hier hochheben, um sie besser zu küssen. Damit wartete er besser, bis sie unter sich waren.

Als er den Kuss beendete, leckte sie sich erneut über die Lippen. „Wir sehen uns dann bei mir", hauchte sie, nahm seine Hand und führte ihn zum Parkplatz.

Erleichterung überkam ihn. Er hatte Angst gehabt, dass sie ihre Beziehung verstecken wollen würde, da es so frisch war, aber das war offensichtlich nicht so. Er hatte keine zwei Gedanken daran verschwendet, sich vorzulehnen und sie zu küssen, sobald er sie gesehen hatte, und er war verdammt froh, dass sie ihn nicht abgewiesen hatte.

Sie mussten reden, aber zuerst … musste er von ihr kosten.

Sobald sie bei ihr ankamen, schloss sie die Tür hinter ihnen ab und drückte sich an die Wand.

„Hast du Hunger?", fragte sie.

Er nickte, setzte die Tüte aber auf dem Eingangstisch ab. „Ja, aber ich glaube, dass das Essen warten kann."

Hailey lächelte. „Gut."

Er ergriff ihr Gesicht mit seinen Händen und presste seinen Mund auf ihren. Ihre Lippen öffneten sich für ihn, ehe seine Zunge sich auf ihre legte, und sie beide aufstöhnten, die Geräusche wie ein Aphrodisiakum. Sie umarmte ihn und krallte sich an seiner alten Lederjacke fest.

Es war nicht genug.

Er wollte sie spüren. Er ging einen Schritt zurück, zog seine Jacke aus und warf sie auf den Boden, bevor er dasselbe mit ihrer tat.

„Willst du es, Hails?", fragte er, seine Stimme rau. Er musste die Worte hören, bevor sie weitermachten.

Sie reichte nach oben und biss sanft in sein Kinn. Ein Schauer lief über seinen Rücken. „Ja, ich will dich. Ich habe dich seit Jahren gewollt. Ich hatte gehofft, dass du heute in den Laden kommen und mir einen guten-Morgen-Kuss geben würdest, aber ich bin froh, dass du es nicht getan hast. Ich hätte dich in mein Büro gezogen und auf meinem Schreibtisch vernascht. Das wäre wahrscheinlich nicht so praktisch gewesen, wenn wir beide arbeiten müssen."

Er starrte sie einen Moment an, bevor er seinen Kopf in den Nacken legte und laut lachte. „Gott, ich bin so froh, dass ich nicht der Einzige bin. Ich habe versucht, dich den ganzen Tag aus dem Kopf zu kriegen. Wie immer. Aber es hat nicht geklappt. Wenn ich nicht daran dachte, ob ich in die Bäckerei gehen sollte, ging mir durch den Kopf, was ich gerne mit dir machen würde. Es hat mich echt erwischt, Hails. Ich will dich so sehr, dass ich nicht weiß, ob ich sanft sein kann.“

„Sloane …“

Seine Hände glitten über ihre Rippen, bevor sie unter ihren Brüsten zum Halten kamen. „Du musst mir sagen, was ich tun soll. Ich will dich nicht verletzen.“

„Du kannst mir nicht weh tun“, flüsterte sie. Sie wussten beide, dass es nicht die Wahrheit war, aber niemand sagte etwas. Nicht jetzt.

Als er ihre Brüste berührte, zog sie scharf den Atem ein. „Sag mir, was ich tun soll.“ Sie fühlte sich nicht anders an, als er erwartet hatte, aber verdammt, er wollte ihr nicht weh tun.

„Du tust es schon. Ich bin nicht aus Glas, Sloane.“

Er lehnte sich herunter und presste seinen Mund auf ihre Schläfe. „Du bist viel stärker als Glas, aber ich will, dass es sich für dich gut anfühlt.“

„Das wird es.“

Er küsste ihren Hals, und sie legte ihren Kopf zur Seite, um ihm besseren Zugang zu verschaffen. „Wir werden unser erstes Mal nicht gegen deine Tür haben. Das erste Mal werden wir in deinem Bett verbringen.“ Er küsste sie erneut. „Nächstes Mal können wir es hier treiben. Oder auf dem Tisch. Oder in der Dusche.“

Sie atmete tief ein. „Du hast ganz schön viele Pläne.“

„Nicht ganz, aber ich habe darüber nachgedacht.“

Sie legte den Kopf in den Nacken, um ihm in die Augen zu sehen, „Ich auch.“

Er drückte seinen Mund auf ihren, zog seine Hand von ihrer Brust, und als sie ihre Arme um seinen Nacken legte, hob er sie am Hintern hoch. Sie quiekte laut in den Kuss hinein, was ihn noch mehr anspornte. Als er auf ihr Schlafzimmer zuging, wickelte sie ihre Beine um seine Mitte, und ihr heißer Körper presste sich hart gegen ihn.

Verdammt, er würde nicht lange durchhalten.

Sobald er sie in ihr Schlafzimmer getragen hatte, setzte er sie sanft auf dem Bett ab und musterte ihr Gesicht.

Sie biss sich auf die Lippe, ehe sie den Saum ihres Oberteils berührte. „I-ich habe nach den

Operationen nur mit einer Person geschlafen. Ich weiß, dass du nicht über meine Vergangenheit mit anderen Männern hören willst, aber ich will sichergehen, dass du weißt, dass du außer meinem Arzt nicht der Erste wärst, der meine Narben sieht.“ Sie schloss ihren Mund kurz. „Du wirst der Zweite sein.“

Er biss die Zähne fest zusammen bei dem Gedanken, dass sie mit einem anderen Mann geschlafen hatte, und verdrängte ihn so schnell, wie er konnte. Sie vertraute sich ihm aus gutem Grund an, und er verstand es – auch wenn es ihm nicht gefiel. So zögerlich, wie sie sich bewegte, konnte er sich denken, dass das Arschloch vor ihm sie nicht richtig behandelt hatte. Sloane würde das nie zulassen.

„Wie gesagt: Sag mir einfach, was ich tun soll.“

„Liebe mich“, flüsterte sie und zog damit ihr Oberteil über den Kopf und atmete aus. Er konnte die Narben auf ihrem Bauch sehen und die Port-Narben auf ihrer Brust. Der BH verdeckte den Großteil, aber er konnte sehen, dass sie mehrere Operationen hinter sich hatte.

Er bewegte sich auf sie zu und legte eine Hand auf ihren Rücken über die BH-Öffnung. Er lehnte sich vor und küsste sie sanft. Als er den BH öffnete, bewegte sie ihre Arme, um ihn zu Boden fallen zu lassen.

„Es ist nicht sehr schön“, sagte sie, ihre Stimme fester als je zuvor, „aber ich habe lange gebraucht, um zu realisieren, dass *ich* trotz der Narben schön bin.“

Sloane lehnte sich zurück und sah ihr in die Augen, bevor sein Blick auf ihre Brust fiel. Sein Herz schmerzte bei dem Gedanken daran, was sie hatte durchmachen müssen.

„Du bist wunderschön *mit* deinen Narben, Hailey.“ Und das war die Wahrheit. Ihr Chirurg hatte fantastische Arbeit geleistet, aber sie wäre genauso bezaubernd gewesen, wenn ihr Arzt nicht so präzise gewesen wäre.

Lange Narben zierten ihre Brüste und kleinere die Unterseiten. Manche Stellen hatten Grübchen oder zusammengezogene Haut, wo das Gewebe und die Muskeln sich während ihrer Heilung bewegt hatten.

„Ich sehe nicht so aus wie früher.“

Er legte den Kopf zur Seite und nickte. „Niemand tut das. Du siehst aus wie eine verdammte Kämpferin, Hailey. Das ist das Wichtigste. Verstehst du das? Du bist hier. Mit mir. Und das ist alles, was ich weiß. Du bist am Leben und du bist *wundervoll.*

Was kann ich sonst noch wollen? Dann hast du halt keine Brustwarzen. Na und? *Du. Bist. Hier.*“

Tränen füllten ihre Augen, und sie hob eine Hand, um sie wegzuwischen. Er nahm sie und wischte sie selbst weg.

„Ich werde dich nicht anlügen, Hailey. Das werde ich nie. Ich weiß, dass du nicht so aussiehst wie früher, aber das tue ich auch nicht.“ Er lehnte sich erneut zurück und zog sein T-Shirt über den Kopf. Er hatte Narben auf seinem Rücken, seinen Seiten und auf dem Großteil seines Oberkörpers. Chirurgische Narben, Narben von Schnitten, Verletzungen und ein paar Brandnarben übersäten seine Haut.

„Oh, Sloane …“ Sie strich über die größte – eine Mischung aus verbrannter und gezackter Haut. „Ich wusste nicht …“

Er zuckte mit den Schultern und umgriff ihre Hand, bevor er sie auf sein Herz legte. „Ich habe sie genauso versteckt wie du deine. Es ging niemanden etwas an, und ich wollte niemanden in Verlegenheit bringen. Aber du bist nicht irgendjemand. Du bist Hailey. Wir tragen beide die Narben unserer Existenz. Und wir sind hier.“

Während diejenigen, die er zurückgelassen hatte, es nicht waren.

Er wollte jetzt nicht daran denken.

Nicht, wenn er Hailey vor sich hatte, die ihren Körper und Seele entblößte.

„Wirst du mir davon erzählen?“, fragte sie.

Zuerst dachte Sloane, dass sie von den Männern sprach, die er verloren hatte, aber dann realisierte er, dass sie die Narben meinte. Natürlich war das alles ineinander verflochten, und er wusste, dass er ihr irgendwann davon erzählen musste.

„Nicht jetzt, okay? Lass mich dich lieben.“

„Okay“, sagte sie, „aber ich werde es nicht vergessen.“

„Kann ich dich einfach halten?“

Sloane küsste sie erneut, glitt mit seinen Lippen über ihren Hals und kniete sich vor sie. Hailey erzitterte, als sie ihre Hände auf seine Schultern legte. Als er ihre linke Brust küsste, und die Narbe, die dort war, spürte er die erste Träne auf seinem Kopf. Er machte weiter, küsste all ihre Narben, die ihr etwas genommen, aber letztendlich ihr Leben gerettet hatten. Ohne den Schmerz und die Narben hätte er sie verloren, bevor er sie überhaupt gekannt hatte. Und das würde er niemals vergessen.

Während Hailey seine Berührungen vielleicht nicht so spüren konnte wie einst zuvor, wollte er sie auf jede mögliche Weise lieben. Sie würden beide kommen und einander lieben, bis sie ausgelaugt waren, aber zuerst musste er ihren Körper verehren.

Ihren ganzen Körper.

Er war vielleicht zu groß, vernarbt und hatte seine eigenen Dämonen, aber er wollte, dass es besonders war für sie.

Er konnte nicht an ihr saugen und mit ihr spielen wie mit anderen Frauen, aber es gab andere Dinge. Als er seinen Weg über ihre Brüste und dann ihren Bauch hinunter küsste, legte sie eine Hand auf seinen Kopf und drückte ihn näher an sich.

Er lehnte sich zurück und grinste. „Ich wette, du wünschst dir, dass ich Haare hätte, an denen du ziehen könntest."

Sie schniefte, ihre Augen dunkel vor Verlangen. „I-ich habe das *gefühlt*, Sloane. Es war nicht … Es war nicht so wie früher, aber als du mich geküsst hast …"

Er stand schnell auf und presste seinen Mund auf ihren. Sie keuchte auf und schmiegte sich an ihn. Sein harter Schwanz drückte schwer gegen ihren Bauch, als er stöhnte.

Sloane ließ von ihr ab, legte sie auf das Bett und zog ihre Hose herunter. Hailey stöhnte auf und lachte, als sie an ihren Schuhen hängen blieb.

Er schnaubte, schnürte sie auf und warf sie in die Ecke. „Nächstes Mal werden wir unsere Schuhe neben der Tür lassen."

Sie traf seinen Blick. „Deal."

Er zog sich schnell aus – Schuhe zuerst – und legte sich neben sie. Sie küssten sich erneut, ihre Hände auf dem Körper des anderen, bis sie beide atemlos waren. Als sie seinen Schwanz umgriff, setzte sein Herz für einen Schlag aus.

„Wenn du mich jetzt berührst, werde ich kommen und den Rest unseres Abends ruinieren." Er stöhnte, als sie ihren Fuß über sein Schienbein rieb. „Ich bin nicht so jung, wie ich einst war."

„Ich habe ganz vergessen, dass ich es mit einem älteren Mann zu tun habe."

Er ließ Hailey los, griff über sie hinweg und klapste ihr auf den Hintern. „Frech."

„Aber sowas von."

Sloane leckte sich über die Lippen, fluchte und stand auf, um ein Kondom aus seinem Portemonnaie zu ziehen.

„Ablaufdatum okay?", fragte sie.

„Jap", antwortete er, als er auf sie zuging und sich das Kondom überstreifte. „Ich habe es heute Morgen eingepackt."

„Ganz schön unartig", neckte sie.

Er bedeckte ihren Körper mit seinem und drückte seinen Schwanz gegen ihre Mitte. „Du wirst gleich noch etwas Unartiges spüren."

Sie lachte. „Schlechter Witz, Sloane."

„Du kannst es trotzdem nicht abwarten." Damit küsste er sie und stieß nach vorne. Sie stöhnten beide auf, die Körper zitternd, als er sie ganz ausfüllte.

„Du bist … größer, als ich gedacht habe."

Er konnte nicht anders, als zu grinsen. „Danke." Er küsste sie. „Und du bist verdammt eng."

„Danke", neckte sie wieder, ehe sie aufkeuchte.

Er verschränkte ihre Finger mit seinen, sein Blick fest auf sie gerichtet. Ihre Augen verdunkelten sich, und ihr Mund war halb geöffnet, als sie einander liebten. Langsam. Für die Ewigkeit. Nächstes Mal konnte anders sein – härter, heißer. Was auch immer sie wollten. Aber vorerst – in diesem Moment – waren sie einfach *zusammen.*

Er war kein Poet oder jemand, der mit seinen Gefühlen im Einklang war, aber mit Hailey, ihrem Vertrauen in seinen Händen und ihrem Körper unter ihm, fühlte er etwas, das er niemals zuvor empfunden hatte. *Himmlisch.*

Als er sich erneut in sie stieß, und ihr Kern sich um ihn herum verkrampfte, kam er mit ihr zusammen, ihre Herzen wie eins. Ihr Atem ging stoßweise.

Sie gehörte ihm, wenn auch nur für diesen Moment.

Wenn er sich genug bemühte, würde er es vielleicht nicht versauen. Aber er kannte sich selbst und seine Vergangenheit.

Er wollte sie, er wollte *das hier* bis ans Ende seines Lebens, aber er war Sloane Gordon, und er verdiente kein Happy End.

Das hatte er noch nie … und das würde er auch niemals.

Kapitel Fünf

HAILEY HATTE einen Muskelkater der besten Art und war komplett verrückt. Sloane und sie hatten einander letzte Nacht zwei weitere Male geliebt – trotz Sloanes Aussage, dass er kein junger Mann mehr war. Er war vielleicht ein ganzes Jahrzehnt älter als sie, aber sein Körper ließ das nicht vermuten.

Obwohl sie immer gewusst hatte, dass ihr Zusammenkommen explosiv sein würde, hätte sie nicht gedacht, dass es so … *heiß* sein könnte. Es gab keinen Mann wie ihn, und das war phänomenal.

Er war zu Anfang langsam und vorsichtig gewesen – jeder Kuss mit Leidenschaft erfüllt und fast schmerzhaft zart. Und als sie einander berührt hatten, war die Hitze angestiegen, und sie waren miteinander verschmolzen.

Ihr Herz schmerzte bei dem Gedanken daran, wie süß und gleichzeitig sexy er gewesen war.

Und jetzt hatte sie keine Ahnung, was sie tun sollte.

Sie hatten nicht darüber gesprochen, was letzte Nacht bedeutet hatte, oder wie ihre Zukunft aussehen würde. Es war wichtig, aber sie wollten es langsam angehen lassen. Naja, so langsam, wie es eben ging, jetzt, da sie bereits miteinander geschlafen hatten. Aber sie musste sich daran erinnern, dass sie schon seit Jahren umeinander herumgetanzt waren.

Mit ihm zu schlafen war unausweichlich gewesen.

Sich in ihn zu verlieben ebenso.

Wenn sie doch nur wüsste, ob er sich auch in sie verlieben konnte …

Es war ihr nicht entgangen, dass er ihr seine Geheimnisse nicht anvertraut hatte, obwohl sie es mit ihren getan hatte. Sie war sich sicher, dass es mit den Narben zu tun hatte, die seinen Körper bedeckten. Er war verletzt worden, und sie wusste nicht, wie tief dieser Schmerz ging. Sie wollte es herausfinden und hoffte, dass er es ihr von sich aus erzählen würde.

Aber sie musste warten, bis er dazu bereit war.

Nur weil sie endlich so weit war, ihm von ihrer Vergangenheit zu erzählen, bedeutete das nicht, dass es ihm auch so ging. Es wäre nicht fair, ihn zu zwingen, sich ihrem Rhythmus anzupassen. Sollte es so weitergehen, würde er sich ihr hoffentlich irgendwann offenbaren.

Hoffentlich konnte er ihr den Mann zeigen, von dem sie wusste, dass er hinter der Fassade auf sie wartete.

Hailey wusste trotzdem nicht, ob sie eine gemeinsame Zukunft haben würden, sie hatten das Thema nie angesprochen und das machte sie fertig. Sie war nervlich am Ende – nicht die Hailey, die sie sonst war –, und wusste nicht, was sie tun sollte.

„Okay, meine Liebe, wenn du nur verloren in der Ecke stehen willst, muss ich dir wohl in den Arsch treten", sagte Maya grinsend.

Hailey schnaubte und schüttelte ihre Arme aus. „Tut mir leid, Püppchen. Ich bin heute Abend nicht ganz da."

„Ach was", antwortete Maya und hielt ihr ein volles Glas Margarita entgegen. „Du fährst uns heute, also ist es alkoholfrei. Naja, ich habe *nur* alkoholfreie, gefrorene Erdbeer-Margaritas gemacht. Gott, wie sich die Zeiten geändert haben …“

Sierra rollte die Augen und nippte an ihrem pinken Getränk. „Wir müssen alle zeitig nach Hause, uns auf die Arbeit vorbereiten und Zeit mit unseren Familien verbringen. Oder sonst etwas tun.“

Hailey nahm ihr Glas und setzte sich neben Miranda.

„Jap“, bestätigte sie. „Decker und ich haben zwar keine Kinder, aber ich will ihn trotzdem abends sehen.“

„Und du liebst es, für Kinder zu *üben*“, neckte Callie sie.

„Ich will nicht über Miranda und diese Übungen nachdenken müssen“, kam von einer grinsenden Meghan. „Aber Luc und ich tun dasselbe.“

„Ihr seid so nervig“, murmelte Maya.

„Du bist nur eifersüchtig, dass wir regelmäßigen Sex haben“, sagte Autumn mit einem süßen Lächeln.

Maya warf ein Kissen in ihre Richtung und verfehlte ein Glas gerade so.

„Pass auf, oder du musst dein Sofa reinigen lassen“, lachte Hailey.

„Ich hasse dich auch", fuhr Maya fort, ihre Augen verengt. „Ich kenne dieses Erröten, und Sloane ist heute auch besonders gut drauf. Ihr habt also miteinander geschlafen. *Endlich.*"

Hailey hob ihr Kinn. „Jap. Ich brauche es nicht einmal verheimlichen. Ich hatte heißen, verschwitzten Sex, und ich kann es kaum abwarten, es wieder zu tun." Über diesen Teil der Beziehung war sie sich immerhin klar.

Die Mädels quietschten auf und rutschten auf ihren Stühlen herum.

„Auf Hailey und Sloane!", rief Maya. „Und auf ihren wundervollen Sex, auch wenn ich gerade keinen habe."

„Woohoo!", stimmten die anderen ein.

Hailey verdrehte die Augen, nahm einen Schluck und wünschte sich, der Cocktail wäre nicht alkoholfrei. „Du könntest auch Sex haben, Maya. Nur so zur Info."

Maya lächelte sie gequält an und Hailey versuchte, nicht zu fluchen. Sie tat ihr Bestes, nicht in die Richtung der Frau zu sehen, die neben Maya saß.

Holly war Jakes Freundin – *feste* Freundin, wie es schien. Maya und Jake waren beste Freunde, obwohl es allen Anschein machte, als wäre da mehr.

Anscheinend lagen alle falsch, und Maya gab sich wirklich Mühe, Holly in die Gruppe miteinzubeziehen. Aber die süße, liebe Holly passte nicht ganz zu ihnen. Nicht, dass sie ihr das zeigten. Die Montgomerys und ihre Freunde waren keine Arschlöcher.

Obwohl Hailey gerne mehr über diese Dreiecksgeschichte herausfinden wollte, so wusste sie, dass sie an etwas anderes denken sollte. Sie hatte die Mädels gebeten, sie zu treffen – allesamt –, um ihnen etwas zu erzählen, das sie schon vor langer Zeit hätte sagen sollen. Autumn war die Neueste in ihrem Freundeskreis, nachdem sie vor kurzem mit Griffin Montgomery zusammengekommen war, und Holly war einfach dazugekommen, da sie mit Maya herumgehangen hatte, aber Hailey störte das nicht.

Sie alle saßen in Mayas Wohnzimmer, wo sie sich auch normalerweise trafen, außer natürlich wenn sie im Taboo waren, da Maya keine Kinder, aber viel Platz hatte. Außerdem hatte sie einen tollen Mixer für Cocktails.

„Okay, jetzt da Maya sich schon wegen ihres fehlenden Sexlebens schlecht fühlt … Willst du uns sagen, wieso wir hier sind?“, fragte Callie.

Hailey atmete tief ein. „Es ist, als hättest du meine Gedanken gelesen. Ich habe Sloane bereits alles erzählt, aber ich wollte euch auch einweihen. Euch alle. Ich hätte euch schon vorher davon erzählen sollen."

Miranda lehnte sich vor. „Was?"

„Bei mir wurde vor sieben Jahren Krebs diagnostiziert." Sie erzählte ihnen alles, was sie schon mit Sloane geteilt hatte. Aber dieses Mal erschien es ihr nicht so schwer – als ob es leichter war, jetzt, da sie es bereits jemandem erzählt hatte.

Die anderen weinten und umarmten sie, und auch sie versuchte nicht, ihre Tränen zurückzuhalten. Die Frauen waren ihre auserwählte Familie. Hailey hatte alle anderen verloren, aber zumindest hatte sie ihre Freundinnen und deren Männer, die sie liebten.

Ich habe Sloane, rief sie sich ins Gedächtnis. Solange sie ihre Freundschaft nicht versauten, konnte sie alles schaffen. *Alles.*

Als Meghan ihr Gesicht umfasste und ihre Wange küsste, wurde Hailey aus ihren Gedanken an Sloane wieder in die Gegenwart zurückgerissen.

„Wieso hast du uns das nicht vorher erzählt?", fragte eine ihrer Freundinnen. „Warum hast du das alles auf dich aufgenommen?"

Hailey presste ihre Lippen zusammen. „Ich weiß es nicht. Am Anfang war es, weil wir gerade dabei waren, uns kennenzulernen. Dann war es schwer, so etwas anzusprechen. Ich wollte es wirklich nicht verheimlichen.“ Sie stieß einen Atemzug aus, als Meghan sich zurücklehnte. „Aber da ich jetzt darüber gesprochen habe, will ich euch daran erinnern, euch regelmäßig selbst abzutasten. Es hat mir das Leben gerettet. Wenn ihr einen Knoten spürt, solltet ihr eine Biopsie machen lassen. Etwas tun. Eure Ärzte werden vielleicht nicht sofort Bescheid wissen, aber ihr müsst die konkreten Fragen stellen. Okay?“

Die anderen nickten und kamen für eine Gruppenumarmung auf sie zu, die Hailey einen langersehnten Frieden brachte.

„Ich liebe euch.“ Hailey schluckte schwer und lachte, als sie ihre Tränen wegwischte. „Alles klar. Ich glaube, ich werde jetzt nach Hause gehen und ein heißes, langes Bad nehmen. Ich wollte es euch einfach allen sagen. Ich weiß, dass ihr alle Familien und andere Sachen habt, aber … Naja …“

Sie verabschiedete sich von der Gruppe und wischte erneut ein paar Tränen weg. Es war härter – viel, *viel* härter – gewesen, es Sloane zu erzählen. Sie war froh, dass sie es mit der Gruppe geteilt hatte. Ihre Freundinnen würden es den Männern und den Montgomerys erzählen, und dann würde Hailey keine Geheimnisse mehr haben.

Sie war frei.

Sie konnte nun alleine nach Hause gehen und darüber nachdenken, was sie und Sloane als nächstes tun würden. Zehn Minuten später trat sie in ihr Haus und stand etwas verloren im Wohnzimmer. Was, wenn sie es versaute? Oder er? Wieso hatte sie solche Angst, dass etwas passieren würde? Er mochte *sie*, aber was, wenn sie einen Fehler machten? Was, wenn es ihre Freundschaft ruinierte? Ihren Freundeskreis? Was, wenn …

Sie verfluchte sich selbst.

Sie drängte sich selbst in eine Ecke, obwohl sie das nicht musste. So war sie nicht, und sie hasste, dass ihre Gedanken in diese Richtung gekreist waren.

Ein Klopfen an der Tür überraschte sie, und sie schaute durch den Türspäher. Als sie Sloanes großen Körper sah, entspannte sie sich, auch wenn ihr Körper sich sofort erhitzte.

„Hey“, sagte sie, als sie die Tür öffnete.

Er hatte einen Sechser Bier in einer Hand und Pizza in der anderen, ein Lächeln auf den Lippen. „Ich habe gehört, dass euer Mädelsabend früher zu Ende gegangen ist. Willst du einen Film gucken?“

Sie trat einen Schritt zurück und strich mit einer Hand über seinen harten Bauch, während er an ihr vorbeiging.

„Okay", antwortete sie, ohne nachzudenken.

Okay. Alles würde okay sein. Wenn sie nicht so viel nachdachte, würden *sie* okay sein.

Das mussten sie einfach.

Die Hitze der Bombe verbrannte seine Haut, und er schrie. Er konnte sich nicht bewegen und auch nicht atmen. Das Gewicht des Geländewagens drückte auf seinen Oberkörper. Er legte seine Hände auf die Kanten und stöhnte, als das Metall seine Haut verbrannte.

Er drehte sich zur Seite, und ihm stockte der Atem bei dem Anblick, der sich ihm bot.

Die fünf Männer, die an seiner Seite gewesen waren, starrten ihn aus toten Augen an, ihre Münder weit aufgerissen, ihre Kiefer auseinandergezogen, als würden sie lautlos schreien. Sie griffen nach ihm, krallten sich an seinem Körper fest, als er versuchte, sich wegzubewegen.

Aber er würde niemals frei kommen.

Die Erinnerungen, die Schuldgefühle, weil er

lebte und nun ein Glück fand, das ihm nicht zustand – das alles wickelte sich wie eine Schlange um seinen Oberkörper, seinen Hals und seinen Magen. Er erstickte. Die fünf Körper wurden wieder zu jungen Männern ohne Hoffnung in ihren Augen. Da war nur der Tod. Sie waren zu jung gewesen, um Alkohol zu trinken, aber alt genug, um in seinen Armen zu sterben.

Sloane wachte zitternd auf.

Gott sei Dank hatte er in seinem eigenen Haus geschlafen. Er hatte noch nie eine ganze Nacht mit Hailey verbracht, auch wenn sie schon mehrere miteinander verbracht hatten. Er kannte seine Albträume gut genug, um zu wissen, dass sie unangemeldet auftauchen konnten. Und er wollte niemals mit schwingenden Fäusten neben Hailey aufwachen.

Es war ein paar Jahre her, seit er mit einem Psychologen gesprochen hatte, aber vielleicht war es jetzt wieder an der Zeit. Er hatte keine Angst davor, mit einem Therapeuten zu sprechen, aber manchmal verstanden Leute seine Psyche nicht, wenn sie nicht selbst am Krieg teilgenommen hatten. Sie sagten die richtigen Dinge, nickten wenn es angebracht war, aber sie wussten einfach nicht, wie es war. Sie hatten ihre Freunde nicht in ihren

Armen sterben sehen, oder wie ein Kind durch einen Kopfschuss gestorben war, weil es die Straße zur falschen Zeit überquert hatte.

An den meisten Tagen ging es ihm gut – viel besser als früher. Er konnte sich in vollen Räumen aufhalten und mit lauten Geräuschen umgehen. Seine Symptome kamen erst später. In seinen Träumen. Es erging ihm nicht so schlecht wie anderen, aber er wusste, dass seine Albträume und gelegentlichen Panikattacken wahrscheinlich nie ganz verschwinden würden. Er war nie gewalttätig gewesen und hatte seinen Stress durch Boxen rausgelassen, aber das war vor seinen Erfahrungen und Taten gewesen. Bevor er Hailey gekannt und einen Teil, mit dem er selbst noch nicht fertigwerden konnte, offenbart hatte – oder Hailey offenbart hatte.

Er wachte normalerweise ohne Aggressionen auf, aber wenn er nicht aufpasste, dann konnte etwas passieren. Es war nicht alles Friede, Freude, Eierkuchen. Es wurde einfach nicht besser. Und sogar, wenn er die notwendigen Fähigkeiten erwerben sollte, würde es nicht von einem Tag auf den anderen geschehen. Oder überhaupt jemals.

Und das war etwas, womit er leben musste.

Aber es war nicht etwas, das er der Frau aufbürden würde, die er liebte.

Er hatte Freunde – Brüder besser gesagt –, die viel schlimmere Sachen durchgestanden hatten. Er wusste, dass andere durch die Hölle gegangen waren. PTBS war nichts, wofür man einen Orden bekam. Es plagte viel zu viele Menschen, und doch sagten diejenigen, die es nicht verstanden, man solle einfach darüber hinwegkommen.

Sloane wusste nicht, wie er das tun sollte.

Gott, wenn er je darüber hinwegkam, was dann? Würde er seine Brüder vergessen? Die, die er verloren hatte?

Er grummelte in die Stille hinein, frustriert, dass seine Gedanken diesen Weg eingeschlagen hatten.

Scheiß drauf.

Er kletterte aus dem Bett und ging ins Badezimmer. Er drehte das Wasser auf – so heiß, wie er es ertragen konnte –, und ließ den Dampf in den Raum steigen, während er das Klo benutzte und sich die Zähne putzte. Dann marschierte er in die Dusche und versuchte, seine Schuldgefühle und Sünden wegzuwaschen.

Wenn Hailey doch nur hier wäre … Sie würde ihm helfen. Wenn er tief in ihr war, vergaß er all den

Schmerz. Bei dem Gedanken an sie, schwoll sein Schwanz an und pochte lustvoll. Er nahm ihn in die Hand, seine Gedanken waren überall, aber Hailey war der wichtigste. Er dachte an ihre Wärme, wie sie keuchte, wenn sie kam und ihre Nägel, die seinen Rücken kratzten. Er stemmte eine Hand gegen die Duschwand und bewegte die andere auf und ab.

Als er sie sich nackt und mit durchgedrücktem Rücken vorstellte, ihre Finger in ihrer feuchten Muschi und ihre Augen auf ihn gerichtet, kam er. *Hart.*

Er ergoss sich gegen die Wand und glitt in das nun kühlere Wasser herunter.

Sloane sog einen zittrigen Atemzug ein und schrie. Er schlug gegen die Wand, die schwachen Fliesen waren kein großer Gegner für seine Faust. Schmerz schoss durch seinen Arm, und er war sich nicht sicher, ob er seine Hand womöglich gebrochen hatte. Nicht, dass es ihn interessierte. Er kümmerte sich nicht darum. Um nichts. Er war dreckig. Befleckt. Kaputt auf mehr als nur eine Art. Er hatte seine Hand verletzt, während seine Gedanken bei der Frau gewesen waren, die viel zu gut für ihn war.

Er war wertlos. Ein Mann, der mit seinen Freunden hätte sterben sollen, statt auf den

Sonnenaufgang zu warten und ein Leben voller Liebe zu erleben.

Es war nicht fair für diejenigen, die nicht mehr hier waren.

Es war nicht fair für Hailey.

Als er seine Hand zurückzog, zuckte er zusammen. Blut tropfte über seine Haut und in den Abfluss. Er spannte seine Finger an und ballte sie erneut zu einer Faust, er spürte keinen brennenden Schmerz, und erkannte, dass er wohl Glück gehabt hatte. Er war ein Tätowierer, verdammt nochmal! Er arbeitete täglich mit seinen Händen, und er hätte alles ruinieren können, weil er der blinden Wut nachgegeben hatte.

Was passiert, wenn ich alles mit Hailey ruiniere? fragte er sich.

Er wusste, dass er Schluss machen sollte, bevor es zu weit ging. Je eher er das tat, desto größer war die Chance, dass sie die Freundschaft retten konnten.

Aber zuerst wollte er ihr mit ihrem Tattoo helfen. Er würde es tun, weil er ein egoistisches Arschloch war und etwas auf ihrem Körper hinterlassen … wenn er schon nichts für ihre Seele tun konnte.

Nicht so, wie es für beide gut gewesen wäre.

Er war nicht gut genug, und sobald Hailey das realisierte, war alles verloren.

Und Sloane würde alleine sein.

Wie er es verdiente.

Wie immer.

Kapitel Sechs

ETWAS STIMMTE NICHT MIT SLOANE, aber Hailey wusste nicht, was es war. Sie strich über ihre Hose, ihre Augen fest auf ihn gerichtet, während er sein Skizzenbuch anstarrte. Er mochte die richtigen Dinge gesagt und gemacht haben, aber irgendetwas stimmte nicht. Seine Augen … Es war, als ob er selbst nicht glaubte, was er sagte.

Oder vielleicht grübelte sie zu viel. Das tat sie ständig.

Seine Schultern waren angespannt, und das war neu.

Seine Stimme schien emotionsloser, was sie erschreckte.

Es zeugte nicht von Schmerz, sondern eher von … innerer Gebrochenheit. Sie hatte ihn noch nie so gehört. Nicht einmal an den Tagen, an denen er sich im Montgomery Ink-Büro eingeschlossen und auf seine Arbeit konzentriert hatte. Wenn er keine Kunden hatte, konzentrierte er sich am liebsten stundenlang auf seine Skizzen, ehe er für einen Kaffee und etwas zu essen ins Taboo kam. Sie kümmerte sich immer um ihn und stellte sicher, dass er genug aß, um es bis nach Hause zu schaffen. Aber diese Dunkelheit in seinen Augen war neu.

Sie verstand es nicht.

Es konnte nicht ihre Schuld sein, denn sie hatte *nichts* getan. Und sie war nicht die Art Mensch, die sich sofort selbst beschuldigte, aber er erschreckte sie genug, um sie zum Nachdenken zu bringen.

Und das besorgte sie.

„Du siehst so aus, als wolltest du irgendwas, kann das sein?“, fragte Sloane mit einem Lächeln in seiner Stimme – vielleicht nicht so strahlend wie ein paar Tage zuvor, aber wenigstens etwas. Er legte seinen Stift auf den Tisch, drehte sich zu ihr und öffnete seine Arme. Hailey glitt in seine Umarmung und schlang ihre Arme um seinen Hals.

„Ich wusste nicht, was ich mit meinen Händen anfangen sollte“, antwortete sie. Ihr Blick traf auf seinen, und sie versuchte, darin einen Hinweis darauf zu finden, was los war. Aber sie würde ihn einfach fragen müssen.

Und so, wie sie Sloane kannte, wusste sie, dass auch das nichts bringen würde.

Sloane grinste, und er ließ seine Hände fallen, um ihren Hintern anzufassen. „Ich weiß, was ich mit meinen tun kann, Hails. Wieso folgst du meinem Beispiel nicht einfach?"

Sie verdrehte die Augen, küsste ihn aber trotzdem – erst sanft, dann inniger und heißer. Sloanes Hände schmiegten sich an ihren Hintern und zogen sie näher heran, während sie weiter rummachten. Als sie sich zurücklehnte, versuchte sie, tief einzuatmen und wischte ihren Lippenstift von seinem Mund.

„Tut mir leid", sagte sie und zeigte ihm den farbigen Daumen.

Er zuckte mit den Schultern und leckte darüber. „Das bringt meine Lippen gut zur Geltung, oder?"

Sie warf ihren Kopf zurück und lachte. Ihr entging nicht, dass seine Finger sie immer noch sanft streichelten. „Es passt zu deinem Hautton, aber es tut mir trotzdem leid, dass du so verschmiert bist. Ich bin nicht daran gewöhnt, an kussechten Lippenstift zu denken."

Er leckte sich über die Lippen, sein Blick auf sie

gerichtet. „Ach ja? Wo genau würdest du mich denn noch gerne damit küssen?"

Sein Griff wurde fester, und Hailey seufzte lustvoll. „Wo soll es denn sein?"

„Wo auch immer du willst, Hails." Er drückte erneut ihren Körper, ohne sie an sich heranzuziehen. „Bevor wir uns ausziehen und ich dir genau zeige, wo ich deine Lippen will, möchte ich aber an deinem Tattoo arbeiten. Ich habe ein paar Ideen skizziert, aber ich brauche deine Meinung, bevor ich weitermachen kann."

Sie schluckte und nickte. Ihr Körper kühlte etwas ab – aber nicht komplett, denn das war in Sloanes Gegenwart unmöglich. Sie waren in seinem Heimbüro, weil er die Feinarbeit ungestört ausarbeiten wollte. Er würde einen Teil des Studios schließen, wenn er ihr Tattoo stach, damit es privat war und niemand zusehen konnte, wenn sie das nicht wollten. Das war zwar Standard für solche Tattoos, aber sie liebte es, dass er so auf sie aufpasste.

Außerdem war sie nicht oft in Sloanes Haus gewesen, was es umso spannender machte. Es war nicht sehr groß, und um ehrlich zu sein war es etwas düster, aber es roch nach ihm. Und außer den

Bauarbeiten im Badezimmer, wo er neue Fliesen legte, war alles ordentlich.

Wenn sie an die neuen Badezimmerfliesen dachte, musste sie sich nicht mit dem Gedanken beschäftigen, dass sie bald ihr ersehntes Tattoo haben würde.

Sloane umrahmte ihr Gesicht mit seinen Fingern. „Hails."

Sie blinzelte ihn an.

„Wir müssen das jetzt nicht tun. Oder überhaupt. Das Tattoo ist für *dich.* Ja, ich würde es sehen, wenn du nackt bist, aber alles, was wir hier tun, ist für dich."

Die Art, wie er es gesagt hatte, ließ sie erstarren. *Würde?* Hieß das, dass er es eventuell *nicht* sehen würde?

Sie verbannte diese Gedanken und konzentrierte sich auf ihn. „Ich will es, aber es ist echt alles viel für mich … weißt du?"

Er streichelte ihre Wange. „Ich weiß. Wir müssen heute nichts tun. Wir können einfach rummachen."

Sie zwinkerte ihn an. Die Spannung in ihren Schultern war verschwunden. „Können wir später rummachen?"

„Deal." Er küsste sie sanft und drehte sie

herum, um sie auf seinen Schoß zu setzen. Sie konnte seine Erektion spüren, aber keiner von beiden sagte etwas darüber. Noch nicht.

„Hast du schon ein paar Skizzen entworfen?“, fragte sie, ohne nach dem Ledereinband vor ihr zu greifen. Es war *seins*, also musste sie sich beherrschen.

Er ballte seine Hände zu Fäusten und zog leicht an ihrem Haar. Sie schmolz dahin, als er es beiseiteschob und sie hinter ihrem Ohr küsste. Beide stöhnten auf.

„Hails, Baby, beweg dich nicht so, sonst werde ich dich genau hier ficken, und wir werden dein Tattoo nie fertigbekommen.“

„Du bist derjenige, der meine Haare festhält und meinen Hals küsst.“ Er zog erneut daran.

Sie bewegte sich nicht, aber biss sich auf die Lippe. „Also“, sagte sie und räusperte sich, „die Skizzen?“

Er ließ sie los und küsste ihre Schläfe. „Ich wusste nicht, was du wolltest, weil wir nicht wirklich darüber gesprochen haben. Ich war mir nicht sicher, ob du Blumen oder Symbole wolltest, oder sonst etwas. Aber ich war lange wach und hatte eine Idee. Du musst sie nicht benutzen. Weißt du was? Benutz sie nicht. Ich kenne deinen Körper mittlerweile recht gut, aber nicht gut genug, um jedes Detail für ein Tattoo zu kennen. Wir werden es wahrscheinlich eh ändern müssen, um es anzupassen. Aber wenn du es als Basis magst, dann können wir damit weitermachen. Ich konnte es einfach nicht aus meinem Kopf kriegen. Verstehst du?"

„Verstehe." Sie lehnte sich gegen ihn. Die Tatsache, dass er sich etwas überlegt hatte, erwärmte ihr Herz auf eine Weise, über die sie nicht nachdenken wollte. „Zeig es mir."

Sloane bewegte seine Hand um sie herum und öffnete sein Skizzenbuch, seine Hände waren sicher und ruhig. Hailey konnte die Spannung in seinem Körper trotzdem spüren. Es war wichtig für ihn. Nicht nur das Tattoo, das er eventuell auf ihren Körper zeichnen würde, sondern schon das, was er ihr zeigen wollte. Ihr war es genauso wichtig.

Sie sog einen scharfen Atemzug ein, als sie die erste Skizze sah. „Sloane."

Er sagte nichts, als sie mit einer zitternden Hand über die Linien strich. „Wie … Woher wusstest du das?"

„Was meinst du?"

„E-es ist fast genau das, was ich in meinem Kopf hatte. W-woher wusstest du das?"

Er schluckte. „Ich kenne dich wohl besser, als du gedacht hättest.“

Sie ließ die Tränen rollen, während sie die Zeichnung musterte. Sie liebte diesen Mann – liebte alles an ihm. Er *kannte* sie. Sie wusste vielleicht nicht alles über ihn, aber sie würde es herausfinden.

Das musste sie.

Ihre Hand zitterte noch immer, als sie ihren Finger auf den Rand des Papiers legte und ihre Lippen zusammenpresste. Er hatte fast genau das gezeichnet, was sie sich vorgestellt hatte, ohne sie überhaupt zu fragen. Lange Äste würden von der rechten Seite quer über ihre Brust reichen. Der Stamm eines blattlosen Baumes würde ihre Seite entlang fallen, die Wurzeln in ihrer Hüfte verankert. Die Baumrinde war nicht braun, sondern mit gälischen Symbolen versehen, mit dunklen Schatten zwischen ihnen. Sie dachte an ein paar Farbakzente – vielleicht rot und pink –, die in die weißen Lücken passen würden. Aber sie war sich nicht sicher, ob das gut aussehen würde. Die Äste würden zusammenkommen, sich über ihrer linken Brust verflechten und durch eine pinke Schleife zusammengebunden werden. Der Stamm war mit einem Rosenbusch und einer einzelnen roten Rose versehen, die über der Narbe auf ihrem Bauch sein würde.

„Es …“

„Es ist deine Stärke und Schönheit in einem. Wenn du die Schleife nicht magst, kann ich sie rausnehmen. Oder wir können einen Tintenfisch oder einen Kuchen auf die Seite klatschen.“

Sie schnaubte. „Wirklich? Einen Tintenfisch? Einen Kuchen?“

„Du bist eine Bäckerin. Und Tintenfische sind heutzutage beliebt. Keine Ahnung wieso, aber ich schätze, es liegt an den ganzen Tentakeln.“

Sie bewegte sich, um seitwärts auf seinem Schoß zu sitzen. „Es ist … perfekt. Wir könnten vielleicht hier und da etwas hinzufügen, aber es ist genau das, was ich wollte. Ein Baum, Symbole und rot und pink. Du *kennst* mich, Sloane.“

Er zog sie näher an sich heran und küsste ihren Kiefer. „Das denke ich auch, Hails. Ich muss deinen Körper nachzeichnen, um sicherzugehen, dass das Design passt, aber du hast gerade genug Kurven, damit es nicht aussieht wie ein Haufen Rinde.“

Sie grinste ihn an. „Ich vertraue dir, Sloane.“

Er begegnete ihrem Blick, und die Luft spannte sich mit etwas Unbekanntem an. „Das ist eine Ehre, Hailey. Eine verdammte Ehre.“

„Ich denke nicht, dass ich meinen Körper sonst jemandem anvertrauen könnte." Sie hatte es so nicht sagen wollen, obwohl sie schon einmal etwas Ähnliches erwähnt hatte. Sie fühlte sich gerade so verletzlich. Sie vertraute ihm mit ihrem Tattoo, aber aus irgendeinem Grund hatte sie Angst, ihm ihr Herz anzuvertrauen.

Aber vielleicht war es zu spät für Angst.

Hailey hatte sich ihm ergeben, und jetzt hoffte sie, dass er ihr Herz nicht brechen würde.

„Ich bin egoistisch genug, dass ich niemanden sonst an deinem Körper will", sagte er, seine Stimme tief. Er räusperte sich und die Stimmung war dahin. Sie konnte es ihm nicht übelnehmen. Es war ein ernstes Thema, das einem den Atem rauben konnte.

„Lass uns die Linien machen", sagte er nach einer komischen Stille, half ihr von seinem Schoß und bereitete die Papiere vor, während sie ihr Oberteil und ihren BH auszog. Sie fühlte sich nackt. Verletzlich. Sloane hatte sie vorher schon komplett nackt gesehen, aber irgendwie war das hier eher klinisch. Er zeichnete ihren Körper mehrere Male nach, bis sie sich fühlte wie in einem Krankenhaus. Sie schätzte es, dass er sich nur Mühe gab, aber sie wollte ihren Sloane zurück.

Er erstarrte und runzelte die Stirn. „Ich versaue es."

Sie schüttelte den Kopf, und ihre Augen glänzten feucht. Sie gab sich Mühe, um nicht zu weinen. *Keine Emotionen.* Nur ein Schmerz, der nie weggehen würde.

„Das ist nicht wahr."

Er atmete tief aus, legte das Papier und den Stift beiseite und zog sie in seine Arme. Ihre nackten Brüste pressten sich gegen seinen bekleideten Oberkörper, als sie in seiner Umarmung versank.

„Ich wollte es professionell handhaben und dich nicht verschrecken, aber ich habe nicht daran gedacht, *warum* du dieses Tattoo von *mir* wolltest."

„Ich wollte, dass du mein Tattoo stichst, weil ich dir vertraue."

„Ja, ich weiß, was du willst, aber ich habe nicht daran gedacht, was du *brauchst.* Du brauchst den Künstler *und* deinen Freund. Und ich habe einen Fehler gemacht."

Sie zuckte mit den Schultern. „Ich wusste auch nicht, dass ich das brauchte."

„Okay, ich werde es besser machen." Er murmelte noch etwas, aber sie konnte es nicht ganz verstehen. „Lass uns das fertigmachen. Stell dich zwischen meine Beine. Wenn du Angst hast, kannst du mich einfach anfassen.“ Er lehnte sich zurück und zog sein T-Shirt aus. Der Anblick seiner gebräunten Haut, Tattoos und Narben war fast zu viel.

Sie legte eine Hand auf seine Brust. „Wird der Winkel das Tattoo beeinträchtigen?“

Er schüttelte den Kopf. „Nein. Ich werde dir Bescheid sagen, wenn du dich bewegen sollst.“

Sloane küsste sie sanft, ehe er mit seiner Arbeit begann, diesmal weniger klinisch. Es half ihr, ihren Körper zu entspannen und ihre Gedanken zu fokussieren, um nicht an das Tattoo zu denken, das mehrere Sitzungen dauern und höllisch weh tun würde. Aber sie hatte den größten Schmerz ihres Lebens überstanden, also würde sie das hier auch schaffen.

Als er fertig war, legte er seine Hände wieder auf ihren Hintern und zog sie an sich heran. Seine Lippen strichen über ihre und sie seufzte in den Kuss hinein. Sein Geschmack war verführerisch. Es war eine Mischung aus Kaffee, den sie vorhin gemeinsam getrunken hatten und Sloanes einzigartigem Geschmack.

Der Kuss war langsam, süß und einfach perfekt. Dann machte sie ein Geräusch tief in ihrer Kehle, das sie immer zu machen schien, wenn Sloane sie an dieser bestimmten Stelle berührte. Er knurrte. Sie war einfach wundervoll. *Perfekt.*

Seine Hände griffen fester zu, und er vertiefte den Kuss, ehe seine Zunge die Kontrolle übernahm. Er bestimmte das Tempo und Hailey schien das nicht zu stören. Nicht, wenn es mit ihm in ihr und ihren Nägeln auf seinem Rücken enden würde.

Als er sie etwas wegdrückte und aufstand, ließ sie ihre Hände über seine Brust wandern, bevor sie sie in seinem Gürtel vergrub.

„Ich will meinen Mund auf deinem Körper, Hails. Okay?"

Sie schüttelte den Kopf. „Nein. Letztes Mal hast du mein Bein über deine Schulter gelegt, während dein Mund an meiner Muschi war, und meine Beine haben nachgegeben. Erinnerst du dich?" Ihre Knie gaben bei dem Gedanken daran fast nach.

Sloanes Hand strich über seinen Bart. „Du hast recht. Okay, ich habe eine Idee." Er hob sie in seine Arme, sie schrie auf, und er trug sie zur Küche, wo er sie auf der Kücheninsel absetzte. Der Raum war nicht sehr groß, aber groß genug, um diesen Tresen mitten drin unterzubringen. Gerade so.

Und jetzt saß sie darauf.

Wow.

„Kochst du hier nicht?“, fragte sie und legte ihren Kopf zur Seite, um ihm Zugang zu ihrem Hals zu schaffen.

„Nein, und außerdem koche ich sowieso kaum. Hör auf, nachzudenken, und lass mich dich lieben.“

Sie kniff die Augen zusammen. Seine Worte waren so zart, und sie ließ sich küssen, bevor er ihre Hose herunterzog. Hailey lehnte sich zurück auf ihre Ellenbogen, als er sich vor ihr hinkniete und ihre Beine über seine Schultern zog. Als er sie zum ersten Mal leckte, warf sie ihren Kopf zurück, sein Name kaum mehr als ein Flüstern auf ihren Lippen.

Er *verschlang* sie. Das Gefühl seines Bartes an den Innenseiten ihrer Schenkel machte sie sogar noch feuchter – etwas, das sie für unmöglich gehalten hatte. Er summte über ihrer Klitoris, und ihre Beine erzitterten, als ein Orgasmus sie übermannte. Sie schrie seinen Namen lauter.

„Sloane, ich brauche dich in mir.“

Sie sah, dass er sich bereits seiner Hose entledigt und ein Kondom übergestreift hatte. Ohne ein Wort ergriff er ihre Hüften und zog sie zur Kante, wo sie sich aufsetzte und ihre Hände auf seine Schultern legte, ehe er in ihr versank. Er war so verdammt groß, dass er sie ausfüllte – auf eine gute Art und Weise, die zu etlichen Orgasmen führte.

Als er begann, sich in ihr zu bewegen, legte sie ihren Kopf erneut in den Nacken. Sie konnte nicht atmen, nicht, während ihr Herz raste und ihr Körper kribbelte und gleichzeitig brannte. Er legte seine Hand auf ihren Rücken, und sie sah ihn an.

„Ich brauche einen besseren Winkel", knurrte er. „Ich kann dich nicht komplett spüren. Du musst dich mit mir bewegen."

Er zog sich aus ihr heraus und trug sie ins Wohnzimmer, eine Hand über ihrer Mitte, seine Finger tief in ihr, die andere hielt sie fest. Sie liebte diese Seite an ihm. Als sie das Sofa erreichten, setzte er sie auf seinen Schoß. Sie erstarrten beide. Dieser Winkel war tief. *So tief.* Sie brauchte einen Moment, um tief durchzuatmen.

„Alles okay? Willst du weitermachen?" Seine Stimme war tief, seine Augen dunkel.

„Ja", keuchte sie, als sie begann, ihre Hüften zu bewegen. „Mehr als okay. Fick mich, Sloane."

„Dann beweg dich, Liebling. *Los.*" Er hielt ihre Hüften und hob sie etwas an, bevor er sie wieder runterzog. Sie krallte ihre Nägel in seine Schultern und ritt ihn. Ihre Körper waren schweißgebadet, als ihr Kern sich um ihn herum zusammenzog, während ein weiterer Orgasmus sie überkam.

„Komm, Hailey. Komm auf meinem Schwanz." Seine Stimme war so tief, dass sie in ihr vibrierte.

Sie begegnete seinem Blick, bevor er seinen Mund über ihrem versiegelte und zu seinem eigenen Höhepunkt kam, und er sich heiß in das Kondom ergoss. Ihr Körper erzitterte, aber sie bewegte sich weiter. Sie wollte diesen Moment nicht unterbrechen.

Sie hatte zwar gerade den besten Sex ihres Lebens gehabt, aber sie wusste, dass etwas nicht stimmte. *Was ist los mit dir, mein Sloane?*

Irgendetwas sagte ihr, dass er nicht länger *ihr* Sloane sein würde, wenn sie das nicht bald herausfand.

Kapitel Sieben

SLOANE STAND im Montgomery Ink Tattoo-Studio und versuchte, herauszufinden, was er als Nächstes tun sollte. Sein Rücken schmerzte vom vorgebeugten Sitzen während seines letzten Termins, ganz zu schweigen davon, dass er letzte Nacht kaum geschlafen hatte.

Hailey hatte zwar nicht bei ihm übernachtet, aber er hatte sie zum Essen ausgeführt, ehe er sie nach Hause gebracht hatte. Ihm war klar, dass sie wusste, dass sie nicht in seinen Armen aufwachen würde. Dass er nie mit ihrem Kopf auf seiner Brust die Augen öffnen würde.

Etwas war falsch mit ihm, und das wusste er. Er musste mit jemandem sprechen, sonst würde es nur noch schlimmer werden. *Für Hailey.*

Es gab kaum etwas, das er nicht für sie tun würde. Wenn er ihr Tattoo beendete, würde er einen Weg finden, sie loszulassen, damit er sie nicht noch mehr verletzte. Sie würde zustimmen, sobald sie herausfand wer er war, und wie er ins Montgomery Ink Studio gekommen war. Es war nicht fair, so weiterzumachen und sie in seinen Armen zu halten. Er hatte sich bereits versprochen, nicht mehr mit ihr zu schlafen – auch wenn sein Körper danach schmachtete. Ja, es war besser für Hailey, nicht mit einem Mann wie Sloane zusammen zu sein, aber das machte es nicht leichter.

„Sloane?“ Callie stand hinter ihm, eine Hand auf ihren kaum bemerkbaren Bauch gelegt. „Draußen ist ein Mann, der nach dir fragt.“ Sie biss sich auf die Lippe. „Ich glaube nicht, dass er reinkommen will, aber ich habe ihn gesehen, als ich rausgegangen bin, um frische Luft zu schnappen.“

Sloanes Instinkte arbeiteten auf Hochtouren. „Wer? Ist alles okay? Solltest du in deinem Zustand alleine nach draußen gehen?“

Callie schüttelte den Kopf, ein Lächeln auf ihren Lippen. „Du klingst wie Morgan. Ich kann tagsüber alleine rausgehen. Versprochen. Ich weiß nicht, wie er heißt. Nur, dass er mit dir reden will.“ Sie atmete tief ein. „Er trägt eine Uniform, Sloane.

Sie ist alt und dreckig und er sieht aus, als wäre er auf Entzug. Aber ich weiß nicht. Er könnte auch einfach obdachlos und müde sein, aber da scheint noch mehr zu sein.“

Sloane erstarrte und fluchte. „Geh nicht nach draußen, Callie. Bleib bei Austin und Maya, okay?“

Sie runzelte die Stirn. „Wer ist das? Wieso machst du dir Sorgen?“

Er senkte den Kopf und küsste ihre Schläfe. „Pass auf dich auf, okay? Ich werde rausgehen und nachsehen. Wenn er ein Drogensüchtiger ist, dann will ich dich nicht in seiner Nähe haben.“ Oder Hailey. Aber er konnte nichts sagen, ohne die Aufmerksamkeit auf diese Situation zu ziehen. Wenn Callie sich zu sehr sorgte, würde sie Hailey herüberrufen, und dann könnte er seine Vergangenheit nicht länger verheimlichen.

Und das musste er, damit Hailey unbefleckt bleiben konnte.

Er hinterließ eine verwirrte Callie im Büro und ging auf die Eingangstür zu, wohl bewusst, dass Maya und Austin ihm hinterhersahen. Sloane ignorierte sie und ging nach draußen, nachdem er seine Lederjacke vom Haken gerissen hatte.

Der erschreckend dünne Mann vor ihm war ein Teil seiner Vergangenheit. Er war ein paar Jahre jünger als Sloane, sah aber mindestens fünfzehn Jahre älter aus. Sein Bart war seit über einem Jahr nicht rasiert worden, sein Haar auch nicht. Es war normalerweise kurz geschoren gewesen, aber jetzt streiften ungewaschene Strähnen seine Schultern.

Er trug eine alte Uniform und eine hauchdünne Jacke, die ihm wahrscheinlich nicht gehörte. Er trat von einem Fuß auf den anderen, seine Augen waren nach oben gerichtet.

„Jason." Sloanes Stimme war tief und fest. Er wusste nicht, wieso der andere Mann heute hier war, aber verdammt, es tat weh, Jason so zu sehen.

Wenn er nicht so viel Glück und Entschlossenheit gehabt hätte, dann wäre es ihm ähnlich ergangen – ein Leben auf der Straße, drogenabhängig und voller Schmerzen.

„Fragst du dich je, wie es wäre, zu fliegen?", fragte Jason, während er die Wolken anstarrte.

Furcht regte sich in Sloane, und er tat sein Bestes, seine Stimme ruhig zu halten. „Früher. Aber ich mag meine Füße inzwischen fest auf dem Boden."

Jason sah ihn an, und Sloane wollte einfach nur zusammenbrechen. Der Mann war nicht high – ganz im Gegenteil. Stattdessen spürte der Mann vor ihm *alles.* Sein alter Freund. Der Mann, für den er damals gestorben wäre. Für den er fast gestorben wäre.

Es gab nicht genug Drogen auf der Welt, um den Schmerz zu betäuben, den Jason verspürte – den Sloane jeden Tag verspürte. Callie hatte recht gehabt, dass ein Schlafmangel dazu geführt haben könnte, dass er jetzt so aussah. Und Sloane wusste, dass es wahr war. Jason hatte früher gefixt, aber es war nie etwas gewesen, das er auf Dauer getan hatte.

„Wenn meine Füße auf dem Boden sind, dann weiß ich, dass ihre es nicht sind."

Sloane hielt die Schimpfwörter zurück, als Galle ihm die Kehle hochstieg. „Ihre Stiefel stehen vielleicht nicht neben unseren, aber wir sind hier, Jason."

„Und sie sind es nicht. Träumst du immer noch von ihnen? Von dem Feuer? Ich schon. Ich kann deswegen nicht schlafen. Wenn ich träume, dann sind sie lauter. Jetzt flüstern sie, dass ich weitermachen soll. Dass ich bleiben soll. Es macht keinen Sinn, Sloane. Warum macht es keinen Sinn?"

Sloane machte einen Schritt vorwärts und legte seine Lederjacke über Jasons Schultern. Sie war alt genug, dass Jason sie für eine Weile behalten können würde, ehe sie jemand stahl. Er traute sich nicht, ihm etwas zu geben, das jemand für wertvoller hielt als Jasons Leben. Er hatte das früher getan und gehasst, die Wunden zu sehen, die Jason von dem Kampf davongetragen hatte. Er hätte ihn mit nach Hause nehmen können – freiwillig oder gewaltsam. Er hatte das auch versucht, und es hatte nur damit geendet, dass Jason weggelaufen war. Sein Freund *musste* dort bleiben, wo er war, und Sloane konnte nur so viel helfen, wie er ihn ließ.

„Du musst dich warmhalten, Jason. Hast du heute gegessen? Lass mich dir etwas holen." Er konnte ihn nicht ins Taboo mitnehmen, obwohl es am nächsten war. Er wollte Hailey nicht mit reinziehen. Oder seine Probleme bei ihr abladen. Sie würde seine Dunkelheit sehen können.

„Ich kann sie immer noch schreien hören." Jason drehte sich zu Sloane um. „Wieso sind wir am Leben? Wieso war ich im Wagen hinter euch? Ich hätte in demselben sein müssen wie immer. Aber ich habe mich in den letzten gesetzt, als wir aus diesem Gebäude gerannt sind. Ich bin in den falschen eingestiegen, und jetzt sind sie tot, und es macht keinen Sinn."

Sloane biss die Zähne zusammen und legte seine Hand auf Jasons Schulter. „Komm, lass mich dir etwas zu Essen holen."

Der andere Mann schüttelte den Kopf. „Mir geht's gut."

Das stimmte nicht. Aber Sloane ging es auch nicht anders. „Kann ich dir etwas Geld geben?"

Sloane zog sein Portemonnaie aus der Hosentasche und nahm den Rest der Scheine heraus. Es war nicht viel, aber wenigstens etwas. Er stopfte sie in die die Tasche der Jacke, die er Jason gegeben hatte und drückte seine Schulter. „Pass auf dich auf, Jason. Bitte." Tränen schossen ihm in die Augen. Er hatte kein Recht, zu weinen. *Nicht mehr.*

„Immer, Sloane. Das ist das Problem, oder?" Damit trottete Jason davon, die Hände in den Taschen.

Sloane sah ihm einige Minuten hinterher. Er wusste, dass er nicht genug getan hatte. Tat er nie.

„Sloane?"

Er schloss seine Augen und atmete ruhig ein. Sein Herz zerbrach erneut. Haileys Stimme brach ihn in tausend Stücke, und trotzdem konnte er ihr das nicht zeigen. Niemals. Sie würde es sehen.

Was hat sie gehört? Was wird sie tun?

„Geh wieder rein, Hailey."

Er hörte, wie sie auf ihn zuging, hielt seine Aufmerksamkeit aber auf die Richtung konzentriert, in die Jason verschwunden war.

„Nein. Dir ist kalt hier draußen."

„Dann ist dir auch kalt. Geh rein."

„Sloane." So viel Gefühl in diesem einen Wort.

Er war nicht gut genug. Zu kaputt. Zu verschmutzt. Er hatte die anderen sterben lassen. Er war nicht genug gewesen. Ihr Tod glitt über seine Haut, als ob er ein Teil von ihnen wäre. Er war nicht der Mann, den sie brauchte. Es war egal, dass er sie liebte. Er war zu grob. Zu nahe am Abgrund. Voller Schuldgefühle und Sünden.

Sie würde ihn nicht verlassen. Nicht, wenn er sie nicht von sich wegschob. Und wenn er das nicht tat, würde er sie zerstören. *Ich muss es jetzt tun.*

„Es ist vorbei, Hailey. Ich kann so nicht weitermachen. Wir hatten Spaß miteinander, aber ich bin fertig. Wir sind einfach zu verschieden."

„Sieh mir in die Augen, wenn du das sagst. Sieh mich an, während du versuchst, Schluss zu machen, ohne mir einen Grund zu nennen."

Er drehte sich zu ihr. Sie standen in der Mitte des Gehweges, obwohl es zu kalt war, um herumzubummeln. Ihre Freunde standen in den Ladenfenstern und starrten sie an, aber er musste es jetzt tun. Er musste sie vor sich beschützen.

„Wir hatten etwas miteinander, aber ich will

nichts Langfristiges. Du bist für jemand Besseres bestimmt als mich. Es ist vorbei.“

Sie presste ihre Hände auf seine Brust und zischte. „Hör auf. Hör auf, dich so zu verhalten! Das bist du nicht.“

„Genau das bin ich, Hailey.“ Er umgriff ihr Handgelenk und drückte sie weg. „Ich bin *nichts.* Verstehst du das nicht? Du kennst mich nicht, und das ist meine Schuld. Scheiße, alles ist meine Schuld! Dreh dich um und geh.“

„Du bist der, der davonläuft. Nicht ich.“

„Dann lass mich.“

Damit drehte er sich um und ging in die Gasse, die zum Parkplatz führe. Er hatte sein Portemonnaie und seine Schlüssel, also brauchte er nichts aus dem Studio. Er hatte gerade die eine Frau verletzt, die er am meisten beschützen wollte. Aber er hatte keine Wahl gehabt. Er hätte sie zerstört.

Er hatte seine Freunde damals brennen lassen. Schreien. *Sterben.*

Er konnte ihr nicht dasselbe antun.

Hailey sah ihm zu, wie er wegging, und fragte sich, was gerade zum Teufel passiert war. Wie hatte er das tun können? Sie einfach stehen lassen, als wenn nichts passiert wäre?

Oh, sie hatte gewusst, dass er sowas bald tun würde. Sie hatte es gespürt. Aber sie hatte nicht gewusst, dass es so weh tun würde. Das hätte es nicht tun sollen. Oder? Sie rieb sich über ihr Schlüsselbein, als sie ihr Bestes gab, die Tränen zurückzuhalten. Sie würde nicht weinen. Wenn sie das tat, dann wäre es endgültig. Es wäre wirklich vorbei, und sie würde nichts dagegen tun können.

Für einen schmerzerfüllten Moment hatte sie wirklich geglaubt, dass es ihre Schuld war. Vielleicht war es wegen ihrer Narben. Oder wegen dem, was er gesehen hatte, als er sie gezeichnet hatte. Aber dann gab sie sich eine mentale Ohrfeige und verdrängte diese Gedanken.

Sloane hatte nicht gelogen, als er ihr gesagt hatte, dass er ihren Körper liebte. Das hatte er nicht vortäuschen können. Und verdammt, sie hatte Jahre damit verbracht, zu lernen, ihren Körper so zu lieben, wie er war. Sie war stolz darauf, was sie durchgestanden hatte.

Sie konnte nicht zurück in diese Dunkelheit.

Er hatte sie verlassen, weil er etwas in sich hatte, vor dem er nicht weglaufen konnte – das er nicht tief genug vergraben konnte. Sie wusste, dass er

Geheimnisse hatte und verheimlicht hatte, wer er war, aber sie hatte gedacht, dass sie mehr Zeit haben würden, um alles zu verarbeiten.

Dieser Jason war ein Auslöser gewesen. Sie wusste nicht, was passiert war, aber sie würde es herausfinden. *Hoffentlich.*

Soweit sie verstand, hatte Sloane einen Mann in sich selbst gesehen, der nicht gut genug war. Er hatte sie vergöttert und sich selbst in die Tiefen der Hölle gestellt.

Sie sah einen Mann, der wertvoll war. Einen Mann, der gekämpft und gewonnen hatte. Er tat stets sein Bestes, auch wenn er versuchte, seine Vergangenheit zu verdrängen.

„Komm rein“, sagte Maya hinter ihr. „Es ist verdammt kalt, und ihm beim Gehen zuzusehen, hilft nicht.“

Hailey drehte sich um und schlang ihre Arme um ihre Mitte. „Es ist vorbei“, hauchte sie mit gebrochener Stimme. „Wie konnte er einfach gehen?“

Maya öffnete ihre Arme, und Hailey kam auf sie zu, umarmte sie jedoch nicht.

„Wenn du mich jetzt umarmst, dann werde ich weinen. Sei die fiese, wütende Maya, die ich kenne.“

Die andere Frau schnitt eine Grimasse und nahm Haileys Arm, um sie ins Studio zu ziehen. „Gleich. Lass mich erst sicherstellen, dass du nicht erfrierst."

Callie hatte eine Tasse in der Hand und runzelte die Stirn. „Ich habe dir einen Kakao gemacht, aber deiner ist viel besser. Meine Schokoraspeln sind nicht so gut wie deine."

Hailey lächelte trotz der Leere, die sie verspürte und nahm die Tasse. „Ich bin mir sicher, dass es gut schmeckt. Danke, Callie." Sie nahm einen Schluck und atmete aus. „Süß", murmelte sie, bevor sie den Mund zusammenkniff. „Wie viele Leute haben zugesehen?"

Austin drückte ihre Schulter und zwang sie in den Stuhl, ehe er sich mit wissenden Augen hinkniete. „Nicht sehr viele." Seine Stimme war tief wie Sloanes.

Ich werde nicht weinen.

Nicht jetzt.

Vielleicht niemals.

Wenn sie weinte, dann würde sie brechen und zeigen, dass sie aufgegeben hatte. Das konnte sie nicht. Noch nicht.

„Aber genug", flüsterte sie.

Autumn quetschte sich zwischen Austin und

den Tisch, ihre Augen feucht. „Niemand war draußen, weil es so kalt ist. Taboo ist im falschen Winkel, also konnten nur die Leute im Studio zusehen. Die zwei Kunden waren in ihren Stühlen, also konnten sie nichts sehen. Sie sind jetzt im Taboo, um eine wohlverdiente Essenspause einzulegen."

„Nur wir, Hailey", sagte Callie sanft. „Und wir sind für dich da."

Hailey nahm einen Schluck des Kakaos, den Callie im Taboo gemacht haben musste. Normalerweise erlaubte Hailey den Montgomery Ink-Mitarbeitern nicht, hinter den Tresen zu gehen, aber sie hatte nicht die Kraft, sich jetzt darum zu scheren.

„Er ist ein Arschloch, Hailey", sagte Maya. „Er hat dich einfach stehen lassen. Aber er ist *unser* Arschloch. Denk einfach daran, okay? Er hat seine Gründe."

Hailey nahm einen weiteren Schluck. „Ich wusste, dass er einen Grund hat, um zu gehen. Denselben, wegen dem er mich weggestoßen hat. Er hat es jahrelang für sich behalten, und es ist schwer, da durchzubrechen. Ich weiß, dass ich ihn nicht zwingen kann, mir alles zu erzählen, nur weil ich es getan habe. Aber nach der Sache jetzt? Vielleicht hätte ich doch darauf bestehen sollen."

Austin sah zur Decke, ehe er ihr Knie drückte.

„Vielleicht. Vielleicht hätten *wir* es tun sollen. Scheiße, ich kenne Sloane länger als du, und ich weiß immer noch nichts über seine Vergangenheit. Ich weiß nicht, warum er sich manchmal ein oder zwei Wochen freinimmt, um alleine zu sein. Ich habe einmal versucht, ihn zu fragen, aber er hat dicht gemacht. *Ich* habe ihn dichtmachen lassen. Freunde tun sowas nicht. Du bist nicht alleine, Hailey."

Aber sie fühlte sich alleine. Sie konnte nicht anders. Er hatte die anderen nicht auf dieselbe Weise weggeschoben wie sie. Sie *liebte* ihn, und trotzdem war sie nicht genug gewesen, um die Dunkelheit zu vertreiben. Ob das ihre Aufgabe gewesen wäre, war eine andere Geschichte. Sie musste nichts vertreiben, aber damit ihre Beziehung funktionierte, musste sie wissen, *was* los war. Das war der Unterschied.

Sie atmete entschlossen ein.

„Ich werde mich nicht einfach beiseiteschieben lassen", sagte sie einfach. „So bin ich nicht. Auch wenn wir nicht zusammen sind, sind wir immer noch Freunde. I-ich kann ihn nicht einfach im Stich lassen und nichts tun."

„Wir sind hier, wenn du uns brauchst", flüsterte Autumn sanft.

„Und wenn wir ihn festhalten sollen, können wir das auch tun", fügte Maya hinzu, und Hailey lächelte.

„Ich werde euch auf dem Laufenden halten."

„Stell sicher, dass er vor dir kriecht", sagte Maya mit einem traurigen Lächeln. „Ich meine, nachdem ihr gesprochen habt und auf dem richtigen Weg seid. Er hat dir weh getan. Er hat vielleicht seine Gründe, aber das ist trotzdem nicht okay."

Hailey presste ihre Lippen zusammen und nickte, während ihr die Tränen in die Augen stiegen. „Darauf kannst du wetten."

Sloane gehörte *ihr*, und sie würde ihn sich nicht wegnehmen lassen.

Nicht einmal von ihm selbst.

Kapitel Acht

SLOANE WOLLTE SICH BETRINKEN, aber das war nicht die richtige Art, mit der ganzen Sache umzugehen. Als er von der Wüste nach Hause gekommen war, hatte er sein Bestes getan, sich nicht an Alkohol zu wenden, und er würde jetzt auch nicht damit anfangen. Aber es war verlockend. *Zu verlockend.*

Er hatte gewusst, dass es weh tun würde, Hailey loszulassen, aber nicht wie sehr. Er hoffte, dass sie irgendwann okay sein würde, und dass er seinen Job bei Montgomery Ink nicht verloren hatte.

Jason zu sehen, hatte ihn zerstört. Er hatte mit dem Mann geblutet und war fast an seiner Seite gestorben. Welches Recht hatte er, glücklicher zu sein? Seine Entscheidungen hatten ihn in die Gegenwart geführt, aber bedeutete das, dass er sie verdiente?

Hailey war viel zu gut für ihn. Sie hatte gekämpft und überlebt. Er hatte es durchs Leben geschafft, und das war nicht dasselbe. Wenn sie ihn damals gesehen hätte, würde sie die Wahrheit kennen.

Dass er befleckt war durch das Blut seiner gefallenen Männer. Dass er getötet hatte, um sie zu beschützen, aber nicht gut genug gewesen war. Er hatte Menschen umgebracht, um seine Männer und sich selbst zu beschützen. Wie konnte er nur damit leben? Er war nicht gut genug gewesen, und trotzdem hatte er irgendwie überlebt.

Hailey verdiente mehr. Etwas Besseres.

Das Klopfen an seiner Tür überraschte ihn. Aber das hätte es nicht tun sollen. Austin war wahrscheinlich hier, um ihm in den Arsch zu treten, weil er Hailey und das Studio verlassen hatte. Der Kerl war groß und konnte ihn wahrscheinlich fertigmachen – und das sagte viel aus.

Ohne durch den Guckspion zu sehen, riss er die Tür auf und erstarrte.

„Hailey“, sagte er mit gebrochener Stimme.

Sie starrte ihn wütend an, die Arme vor der Brust verschränkt. Sie sah unglaublich heiß aus.

„Ich werde nicht aufhören, zu klopfen, wenn du die Tür wieder zumachst. Lass mich rein."

Das überraschte ihn und … machte ihn etwas heiß, also trat er zur Seite, damit sie an ihm vorbeistürmen konnte. Und das tat sie, bevor sie sich umdrehte. *Sie kocht vor Wut.*

„Worauf wartest du? Mach die Tür zu. Wir müssen reden."

Er hatte vorhin genug geredet und war sich nicht sicher, was er noch zu sagen haben könnte.

„Ich habe alles gesagt, was ich zu sagen hatte."

„Fick dich, Sloane Gordon! *Ich* habe etwas zu sagen. Und wenn ich fertig bin, solltest du besser auch etwas zu sagen haben, oder ich werde dir in den Arsch treten."

Seine Augen weiteten sich, aber er blieb stumm. Er hatte sie noch nie so gesehen. Er liebte es. Die Leidenschaft, die vorher schon da gewesen war, und jetzt noch … feuriger erschien.

Er schloss die Tür, als Hailey ihr Kinn hob. Bevor er einen Schritt auf sie zugehen konnte – oder weg von ihr –, zog sie ihr Top aus, um ihm ihre Narben zu zeigen. Sloane war wie erstarrt. Er konnte weder reden noch denken. Ihr Gesicht war pure Wut, ihre Haltung stark.

„Siehst du das? *Das* bin ich. Ich werde nicht weggehen. Bin ich weniger wert wegen dem, was passiert ist? Meiner Meinung nach bist du nicht weniger Mann, weil du PTBS und Narben hast oder dich durch die Hölle gekämpft hast. Du musst mit mir kommunizieren. Verstanden? Du musst mir sagen, was zum Teufel in deinem Kopf los ist, und ich weiß, dass ich für dich da sein werde. Wir waren befreundet, bevor das hier angefangen hat, und *ich werde nicht weggehen.*“

Sloane öffnete seinen Mund, aber es kamen keine Worte heraus.

„Ich weiß nicht, was passiert ist, weil du es mir nicht sagen willst. Wenn du mir keine Details erzählen willst, dann ist das okay. Vorerst. Aber du musst mit jemandem sprechen, Sloane. Es zu verstecken, funktioniert ja anscheinend auch nicht. Ich liebe dich, auch wenn du nervig bist. Ich hasse, dass ich diese Dunkelheit sehe und nichts tun kann, weil du sie vor mir versteckst. Ich stehe mit nacktem Oberkörper vor dir. Du kannst jeden Zentimeter meines Schmerzes und meiner Vergangenheit sehen. Ich verstecke mich nicht mehr. Bitte komm zurück.“

Reue erfüllte ihn, und Sloane ging einen Schritt auf sie zu. Er berührte sie nicht – er konnte nicht denken, wenn er es tat –, und stieß einen zittrigen Atem aus.

Es war ihm nicht entgangen, dass sie ihm ihre Liebe gestanden hatte. Aber konnte sie ihn lieben, ohne die Wahrheit zu kennen? Er ging an ihr vorbei zum Sofa und konnte das resignierte Seufzen hören, das zu Weinen überging. *Scheiße.* Er versaute alles wieder einmal.

Als er die Decke vom Sofa zog und um ihre Schultern wickelte, runzelte sie die Stirn. „Ich will nicht, dass dir kalt wird."

„Ich spüre kaum etwas, Sloane."

Er schloss die Augen und atmete tief ein. Sie war hier. Wartend. Wenn er sich nicht offenbarte, dann würde sie ihn für immer verlassen. Sloane würde für immer damit leben müssen, dass er sie verletzt und verschreckt hatte. Aber sobald sie alles wusste, würde sie ihn vielleicht trotzdem verlassen …

Was würde sie weniger verletzen?

„Ich habe Menschen getötet, Hailey." Er räusperte sich. „Ich habe getötet und verletzt. Ich habe gesehen, wie ihre Augen leblos wurden, weil das mein Auftrag war. Wenn ich es nicht getan hätte, dann hätten sie meine Männer und mich umgebracht. Ich wollte es nicht – *nie* –, aber ich habe es trotzdem getan."

Sie presste die Lippen zusammen. „Das habe ich mir gedacht, Sloane. Das ändert aber nichts an meinen Gefühlen."

„Das sollte es, verdammt nochmal!" Er fing an, auf und ab zu gehen, eine Hand auf den Kopf gelegt. Sein Haar begann gerade erst, an seinen Handflächen zu kratzen, und er wusste, dass er es bald abrasieren musste. Das war aber jetzt egal. Das Einzige, was wichtig war, war sicherzustellen, dass Hailey verstand, was er sagte. Verstand, *wieso* er sie auf der Straße stehen gelassen hatte.

„Ich bin befleckt, Hailey. Ich habe Blut an meinen Händen, das ich niemals wieder abwaschen kann. Egal, wie oft ich den Therapeuten und Psychologen davon erzählt habe, sie verstehen es nicht. Die Einzigen, die das tun, sind die Männer, die mit mir im Krieg waren, und davon gibt es nur einen. Jason. Du hast ihn gesehen. Ich sollte auch so sein wie er."

„Sag das nicht. Du weißt, dass du nicht in die Schatten gehörst."

Er schüttelte den Kopf und schrie. „Verdammt, das tue ich! Ich habe *alle* verloren außer Jason, und

Scheiße, ich habe ihn dort auch verloren. Er ist nicht komplett zurückgekommen – keiner von ihnen –, aber irgendwie bin ich mit mehr nach Hause gekommen, als ich es hätte tun sollen. Wie? Die Bombe hat meine ganze Einheit umgebracht. Sie verbrannt, während ich zuhören und zusehen musste. Ich bin fast verblutet und mit ihnen verbrannt. Aber stattdessen verbringe ich nun jeden Tag auf dieser Erde mit dem Wissen, dass ich nicht gut genug bin. Egal, was ich tue, ich werde es nie sein. Ich habe mein Leben nicht verdient. Jason ist an diesem Tag nicht gestorben, und doch hat er mehr auf dem Kampffeld gelassen als ich."

„Sloane." Tränen rollten über ihre Wangen, aber er konnte sie nicht wegwischen, wie er es normalerweise getan hätte. Wenn er es tat, würde er brechen – und er war bereits am Ende.

„Ja, ich habe PTBS. Das wird durch die Liebe einer Frau, die es sehen kann, nicht weggehen. Es wird niemals weggehen, Hailey. Ich sehe vielleicht aus, als würde es mir gut gehen, aber manchmal verliere ich den Kampf. Ich habe Albträume. Manchmal bin ich nicht okay. Wie kann das gut genug sein? Wie könntest du mit mir zusammen sein, obwohl du weißt, dass ich nicht ganz bin? Ich bin nach Hause gekommen. Andere nicht. Meine

Freunde sind dafür gestorben, dass ich heute vor dir stehen und dir davon erzählen kann. Sie sind diejenigen, die es nicht geschafft haben, und ich habe dank ihnen überlebt. Ich habe es rausgeschafft, und ihre Familien werden nie wissen, wie viel sie mir bedeuteten!"

Hailey schluchzte. „Mir geht es auch nicht immer gut, Sloane. Ich bin auch nicht *ganz*. Du hast selbst gesagt, dass ich mehr bin als meine Narben, und trotzdem denkst du nicht dasselbe von dir? Narben sind nicht nur auf der Haut. Nicht nur das, was wir im Spiegel sehen können. Ich *weiß*, dass ich sie tief in mir trage. In meinem Herzen und meiner Seele. Ich *weiß*, dass du sie auch hast. Und das ist okay. Ich liebe den Mann, der vor mir steht – mit seinen Narben und seiner Dunkelheit. Kannst du ihn nicht auch lieben?"

„Ich werde dich verderben", flüsterte er.

„Das kannst du nicht, Sloane. Liebe mich. Liebe ist erstmal genug. Wir können mit jemandem sprechen, wenn wir das müssen, aber *Liebe* ist genug. Sie wird nicht all unsere Wunden heilen oder die Vergangenheit verändern. Sie kann unsere Narben nicht verschwinden lassen, oder den Schmerz, aber sie ist es wert. Mit dir weiß ich, dass ich es schaffen kann. Ich weiß, dass du mich liebst, auch wenn du es noch nicht gesagt hast."

Sloane atmete aus und ging auf Hailey zu. Sie nahm sein Gesicht in eine Hand, die andere um die Decke gewickelt. Als sie die Tränen von seinen Wangen wischte, von denen er nicht gewusst hatte, dass sie da waren, schloss er seine Augen.

„Ich liebe dich, Hailey. Ich *liebe* alles an dir. Jeden Atemzug und jeden Zentimeter deiner Seele. Aber ich bin es nicht wert."

„Du bist ein Idiot, aber ich liebe dich auch, Sloane. Und du kannst nicht entscheiden, ob du es wert bist. Liebe funktioniert so nicht. Du kannst mich nicht einfach verlassen – blutend und gequält –, weil du Angst hast, mich zu verletzen. Du hast mich trotzdem verletzt, als du versucht hast, mich zu beschützen, und ich werde es dich nicht erneut tun lassen. Hörst du mich? Wenn du mich verlassen willst, dann tu es, ohne zu lügen. Tu es, indem du sagst, dass du mich nicht liebst und mich nicht willst."

Er schloss die Augen erneut und fluchte. „Ich liebe dich, Hailey. Ich habe es doch verdammt nochmal zugegeben. Natürlich will ich dich! Ich kann nicht atmen ohne dich."

„Dann lass das genug sein. Wir können alles schaffen, Sloane. Aber wir müssen zusammen sein, um es durchzustehen. Du bist ein guter Mann, Sloane Gordon. Ich habe dich mit Jason gesehen. Ich habe gesehen, wie du versucht hast, ihm zu helfen, obwohl dir bewusst war, dass du nicht viel tun konntest. Werde nicht so wie er. Hilf ihm, aber lass seinen Schmerz nicht alles wegnehmen, was du hast. Du gehörst nicht in die Schatten, auch wenn du dich manchmal so fühlst. Komm ins Licht, um die zu ehren, die du verloren hast. Zeig ihnen, dass ihr Verlust es wert war. Zeig der Welt, dass du es geschafft hast und *für* sie lebst, statt für sie zu leiden."

Gott, er liebte diese Frau. Sie sah sein Herz. Und trotzdem hatte er sie fast verloren, weil er so verängstigt gewesen war.

„Ich liebe dich, Hails. Ich habe dich weggeschoben, bevor wir zusammen waren, und dann wieder, weil ich Angst hatte."

„Tu es einfach nicht noch einmal", flüsterte sie, während Tränen über ihre Wangen flossen. Er wischte sie mit seinem Daumen weg.

„Ich habe Mist gebaut."

„Ja, das hast du", sagte sie ehrlich, und er schnaubte.

„Nie wieder, okay? Du kannst nicht weglaufen, weil du Angst hast.“

Er küsste sie – erst sanft, dann innig –, und sie küsste ihn zurück mit so viel Liebe, dass sein Herz zu platzen schien.

Er lehnte sich zurück und strich mit einem Finger über ihre Brust. „Versteck dich auch nicht vor mir, okay? Ich weiß, das hast du nicht, aber …“

„Aber das könnte ich. Weil es mir auch Angst macht. Ich weiß.“ Sie küsste seine Brust. „Ich verspreche es.“

„Ich werde dich nie wieder verlassen“, versicherte er ihr sanft.

„Ich will dir glauben“, flüsterte sie, „also beweis es mir, Sloane. Jeden Tag. Beweis es mir, okay?“

„Bleib bei mir. Wir haben unsere Vergangenheit versteckt, aber jetzt wissen wir beide alles. Es ist offenbart. Verstanden? Du gehörst mir. Ich habe Scheiße gebaut, aber ich werde es nie wieder tun. Ich werde dich nicht loslassen.“

Sie lächelte sanft und nickte. „Wir haben viel zu viele Jahre verschwendet, weil wir Angst hatten. Ich werde nicht noch mehr wegwerfen.“

Er küsste sie, diesmal tiefer und emotionaler. „Ich liebe dich, Hails.“

„Ich liebe dich auch. Oh, und schönen Valentinstag."

Er runzelte die Stirn und dachte nach, bevor er herzlich lachte. „Schönen Valentinstag, Baby."

Sie ließ die Decke los, und er knurrte sanft. Er hatte es sich vorher nicht erlaubt, sie wirklich anzusehen, aber jetzt nahm er jedes Detail auf. Als sie ihre Lippen leckte, wusste er, dass er sie haben musste. Er presste seinen Mund auf ihren, als sie an seinem Shirt zog.

Bald waren sie nackt, ihre Körper dicht aneinandergedrückt. Sloane zog ein Kondom aus seiner Brieftasche, ehe sie es von ihm nahm und es ihm überstreifte. Das allein brachte ihn fast zum Höhepunkt, aber er schaffte es gerade so, sich zurückzuhalten. Er drückte sie gegen die Eingangstür und ergriff ihre Oberschenkel.

„Ich wollte dich seit unserem ersten Mal gegen diese Tür ficken", knurrte er.

Sie biss sich auf die Lippe und öffnete ihre Beine. Als er oh-so-langsam in sie hineinglitt, stöhnten beide auf.

„Ist es ficken, wenn wir einander lieben? Oder ist es Liebe machen?" Ihre Nägel gruben sich in seine Schultern, während er sich langsam in sie hineinpresste und wieder herauszog.

„Ich weiß, dass es Liebe machen ist, wenn es langsam ist." Er bewegte sich schneller. „Wenn es schnell ist", er fing an, sich härter in sie zu schieben, „dann ficken wir. Ficken, einander lieben und alles zwischendrin."

Sie biss sich wieder auf die Lippe und ritt ihn, während er sie immer härter nahm, ihre Körper schweißgebadet, ihr Keuchen immer lauter. Als ihr Kern sich um ihn herum zusammenzog und ihre Augen sich verdunkelten, presste er sich tief in sie hinein und kam hart mit ihr zusammen. Er küsste sie auf den Mund, sein Körper zitternd, und sie erwiderte seinen Kuss.

„Ich liebe dich, Hails. Alles an dir." Er umarmte sie und wusste, dass sie sanft zu Boden gleiten mussten, ehe seine Beine nachgaben.

Sie biss zärtlich in sein Kinn, ihre Hände sanft auf seinem Rücken. „Ich dich auch, Sloane. Du bist mein grübelnder, bärtiger, tätowierter Mann. Was kann ich sonst noch wollen?"

Er hielt sie in seinen Armen – in seinem Herzen – und kannte die Antwort. *Leben.* Das war sie. Er würde nie wieder weglaufen. Das konnte er nicht. Sie hatte sein Herz gesehen und war bei ihm geblieben.

Er hatte sich getäuscht, aber jetzt kannte er die Wahrheit.

Er hatte sein Leben – seine Zukunft – in seinen Armen.

Er brauchte nichts anderes.

Er hatte seine Zukunft gefunden in der einen Person, vor der er sich versteckt hatte.

Er hatte *seine* Hailey gefunden.

Epilog

HAILEY ZUCKTE ZUSAMMEN, als die Nadel sich in ihre Haut grub, aber sie blieb stumm. Tattoos waren nicht für Weicheier, so viel war sicher. Ja, der Adrenalinschub, den man durch lange Sitzungen bekam, war toll, aber Gott, das tat weh.

Aber am Ende würde es das wert sein.

Außerdem war ihr Tätowierer verdammt heiß und wirklich vorsichtig, soweit er konnte.

Es war ihre letzte Sitzung, und sie hatte mittlerweile eine Routine. Sloanes Station war geschlossen, also waren sie alleine. Aber manchmal erlaubte sie Autumn, Maya, Callie und sogar Austin, zuzusehen. Dass ein Mann zusehen durfte, hatte Sloane am Anfang gestört, aber er hatte sich inzwischen beruhigt. Sie hatten sicherstellen wollen, dass sie all die Unterstützung während der langen, schmerzvollen Sitzungen bekam, vor allem für ihre aufgewühlten Emotionen.

Sloane tätowierte ihr keine Brustwarzen.

Er tätowierte Erinnerungen.

Mit jedem neuen Detail sah sie die Stärke, die sie brauchte und den Schmerz und die Qual, die sie bekämpfte. Die Tränen, die ihr über die Wangen gerollt waren. Es war nicht einfach, andere sehen zu lassen, was aus ihren Brüsten geworden war, aber sie behandelten sie nicht anders als vorher. Sie war nicht aus Glas, sondern aus purer Stärke und Weiblichkeit.

Und das war okay.

Sie waren auf einer Reise, die ihr früher unmöglich erschienen war. Sie hatte ihre Narben und ihre Vergangenheit vor ihm versteckt – vor der Welt –, und trotzdem war jetzt alles offen. Und Hailey war immer noch Hailey.

Sie war *mehr.*

Jedes Mal, wenn sie jetzt in den Spiegel schaute, sah sie keine Kämpferin mehr, sondern eine Frau mit einer Vergangenheit und einer Zukunft. Eine Frau mit einem Mann, den sie liebte, der sie so vorsichtig tätowierte, dass sie wusste, dass er einen Teil von sich mit hineinsteckte.

„Es ist atemberaubend“, sagte Maya sanft und so anders als gewohnt.

Maya hatte ihre eigenen Dämonen, über die sie nicht sprach, aber nachdem Hailey ihre Zukunft gefunden hatte, war sie endlich bereit, auch Maya zu helfen. Falls und wenn die andere Frau sich ihr gegenüber öffnen würde, sie würde für sie da sein.

„Ich weiß, was ich tue“, sagte Sloane, als er die Farbschattierungen des Baumstammes beendete.

Hailey zuckte zusammen, als er zum vierten Mal über dieselbe Stelle ging, blieb aber erneut stumm. So langsam wurde sie besser darin, tätowiert zu werden. Aber nächstes Mal würde es etwas Kleineres werden.

„Es ist mehr als das“, sagte Maya. „Es ist ein verdammtes Meisterwerk. Ich muss sagen, dass ich anfangs etwas eifersüchtig war, dass er es dir stechen durfte, aber verdammt … Ich hätte es nicht besser machen können.“

Eine Träne floss über Haileys Wange. „Er ist wundervoll.“

„Das bin ich“, stimmte Sloane lächelnd zu.

Maya schnaubte. „Seine ganze Liebe für dich steckt in diesem Tattoo. Kein Wunder, dass es perfekt ist. Ich kann kaum erwarten, es zu sehen, sobald es abgeheilt ist.“ Sie lehnte sich vor und küsste Haileys Schläfe – die Geste war überraschend sanft. „Ich werde euch alleine lassen. Danke, dass ich zusehen durfte."

Hailey runzelte die Stirn, als ihre Freundin ging, aber Sloane schnalzte mit der Zunge. „Sobald Maya bereit ist, zu reden, wird sie auf dich zukommen." Er wischte über Haileys Seite, bevor er ihren Oberschenkel tätschelte. „Ich bin fertig, Baby. Du musst noch etwas sitzen bleiben und ein Glas Saft trinken, aber ich kann den Spiegel holen."

Sie lächelte und streckte ihre Hand nach ihm aus. „Küss mich, bevor du das tust. Ich will deine Lippen auf meinen spüren, bevor ich es sehe."

Sloane ging um die Bank herum und senkte seinen Kopf zu ihrem. Sie hielt ihre Augen geöffnet, um sein Gesicht sehen zu können.

„Ich liebe dich, Sloane."

„Ich dich auch, Hails. Ich liebe dich, Baby."

Sie würde ihr neues Tattoo später bewundern, wenn sie wieder atmen konnte, aber zuerst musterte sie den Mann, in den sie sich verliebt hatte. Den Mann, der sie liebte.

Hailey hatte sich so gefürchtet, mit ihm zusammen zu kommen und mehr zu tun, als zu überleben, aber jetzt – mit Sloane in ihrem Leben – hatte sie mehr, als sie sich jemals erhofft hatte.

Sie hatten ihre eigenen Höllen durchlaufen und waren stärker herausgekommen. Vernarbt und gebrochen, aber am Leben.

Sie hatten ihre Vergangenheiten versteckt, ehe sie sich einander offenbart hatten, um dann gemeinsam in die Zukunft zu blicken. Ihr Tattoo würde vor den meisten Leuten versteckt bleiben, aber nicht vor ihm. Nicht vor dem Mann, den sie liebte.

Er war auf ihrer Haut verewigt. Auf ihrem Herzen. In ihrer Seele.

Er gehörte ihr.

Für immer.

Weiter in der Montgomery Ink Reihe:

Ink Enduring – Tattoos und Leid (Buch 5)

Bücher von Carrie Ann Ryan

Montgomery Ink Reihe:

Delicate Ink – Tattoos und Überraschungen (Buch 1)

Tempting Boundaries – Tattoos und Grenzen (Buch 2)

Harder than Words – Tattoos und harte Worte (Buch 3)

Written in Ink – Tattoos und Erzählungen (Buch 4)

Ink Enduring – Tattoos und Leid (Buch 5)

Ink Exposed - Tattoos und Erholung (Buch 6)

Novellas:

Ink Inspired - Tattoos und Inspiration (Buch 0.5)

Ink Reunited – Wieder vereint (Buch 0.6)

Forever Ink - Tattoos und für immer (Buch 1.5)
Hidden Ink – Tattoos und Geheimnisse (Buch 4.5)

Die Gallagher-Brüder:
Love Restored – Geheilte Liebe (Buch 1)
Passion Restored – Geheilte Leidenschaft (Buch 2)

Und auch die folgenden Bücher von Carrie Ann Ryan werden in Kürze auf Deutsch erhältlich sein:

Aus der »Montgomery Ink Reihe«:
Inked Expressions (Buch 7)
Inked Memories (Buch 8)
Fallen Ink (Buch 9)
Restless Ink (Buch 10)
Jagged Ink (Buch 11)
Wrapped in Ink (Buch 12)
Sated in Ink (Buch 13)
Embraced in Ink (Buch 14)
Seduced in Ink (Buch 15)
Inked Persuasion (Buch 16)

Aus der Reihe »Die Gallagher-Brüder«:
Hope Restored (Buch 3)

Biografie

CARRIE ANN RYAN ist eine *New York Times* und USA Today Bestsellerautorin moderner und übersinnlicher Liebesromane. Außerdem schreibt sie Literatur für junge Erwachsene. Ihre Arbeit umfasst die »Montgomery Ink Reihe«, »Redwood Pack«, »Fractured Connections« und die »Elements of Five«-Reihe. Weltweit hat sie über vier Millionen Bücher verkauft.

Sie hat bereits während ihres Chemiestudiums mit dem Schreiben begonnen und hat seitdem nicht mehr aufgehört. Inzwischen hat Carrie Ann mehr als fünfundsiebzig Romane und Novellen fertiggestellt – und ein Ende ist nicht in Sicht. Carrie Ann wurde in Deutschland geboren und hat schon überall auf der Welt gelebt. Wenn sie sich nicht gerade in ihrer emotionalen und aktionsgeladenen Welt verliert, liest sie gern, während sie sich um ihr Katzenrudel kümmert, das mehr Anhänger hat als sie selbst.

Besuchen Sie Carrie Ann im Netz!
carrieannryan.com/country/germany/
www.facebook.com/CarrieAnnRyandeutsch/
twitter.com/CarrieAnnRyan
www.instagram.com/carrieannryanauthor/

www.ingramcontent.com/pod-product-compliance
Lightning Source LLC
Chambersburg PA
CBHW071535120726
47907CB00014B/2197

* 9 7 8 1 6 3 6 9 5 2 2 1 5 *